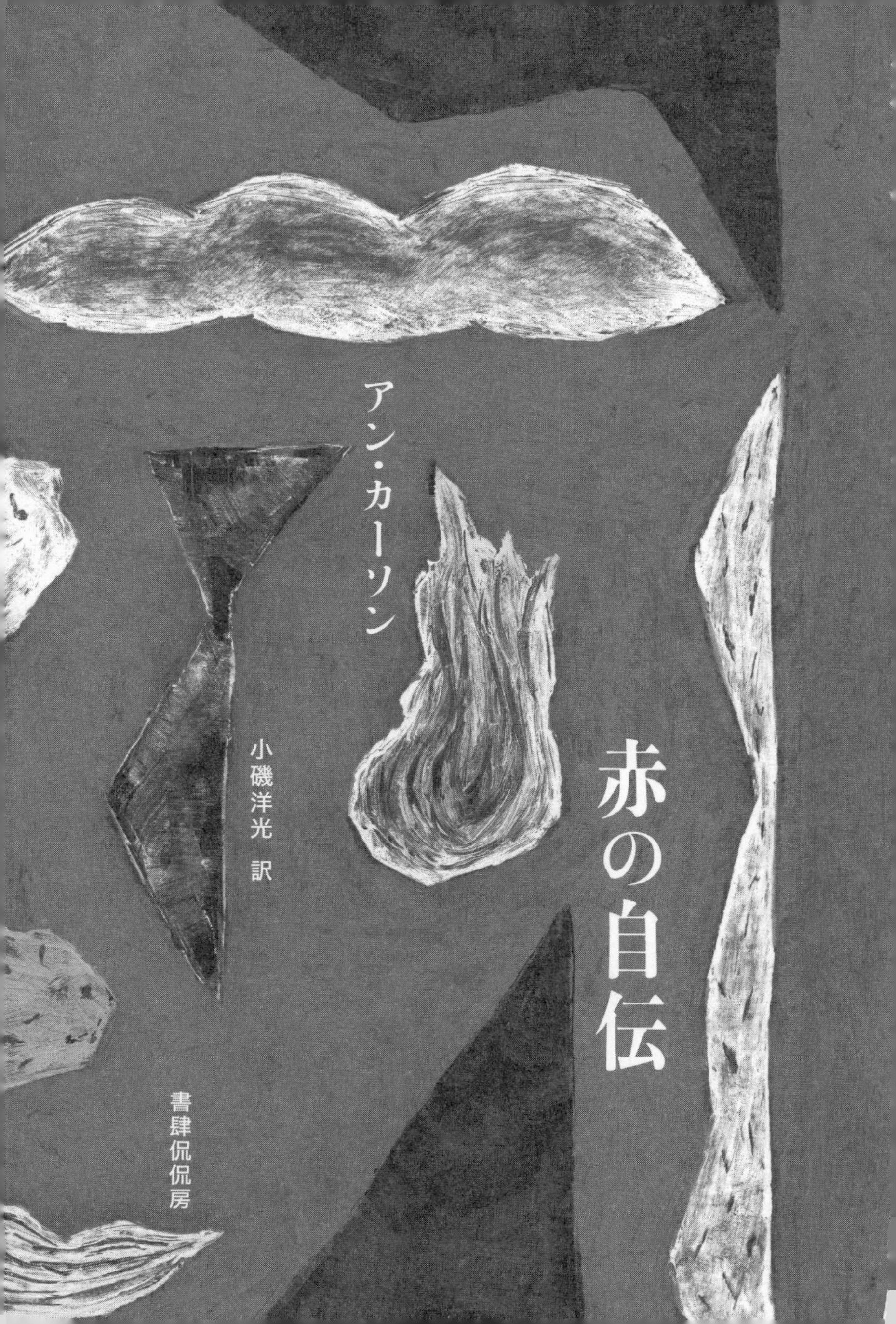
赤の自伝
アン・カーソン
小磯洋光 訳
書肆侃侃房

ウィルに

もくじ

赤の自伝

装丁　緒方修一
装画　藤井紗和

赤い肉、ステシコロスは何が違うのか？

私は　言葉が動く感じが好き
望むことをするときの　必要なことをするときの。

ガートルード・スタイン

彼が現れたのは、ホメロスの後にしてガートルード・スタインの前という、詩人にとって困難な期間だ。紀元前六五〇年あたりにシチリア島北岸のヒメラという街に生まれ、カルキス方言やドーリス方言を話す流民と暮らした。流民の集団は言葉に飢えているし、なんでも起こりうることをわかっている。言葉は跳ねる。言葉は——許されれば——望むことをし、必要なことをする。ステシコロスの言葉は二十六巻の書に収められたが、十と少しのタイトルしかわかっていないうえに、断片の集まりがいくらか残っているだけだ。創作の日々についてはあまり知られていない（ただし、ヘレネに盲目にされたという有名な伝説がある。「補遺A」、「補遺B」、「補遺C」を参照）。名声はあったようだ。批評家はどう評価していたか？　古《いにしえ》の人々から多くの称賛を受けている。「抒情詩人のなかで最もホメロス風だ」とロンギヌスは言う。「あのふるい物語をあたらしくした」とスーダ。「変革への情熱に駆られていた」とハリカルナッソスのディオニュシオス。「形容語句の天才的な使い手だ」とヘルモゲネスが付け加える。ここで私たちは「ステシコロスは何が違うのか？」という問いの核心に触れる。比較するとわかりやすいかもしれない。ガートルード・スタインはピカソを評価しないといけなくなるとこう言った。「あれは仕事してたよ」。ステシコロスについてはこう。「あれは形容語句を作ってたよ」。

　形容語句とは？　名詞は世界に名を付ける。動詞は名を作動させる。形容語句は別のどこからかもたらされる。形容語句（ギリシア語でエピテトン）という単語そのものには「冠する」「付けられた」「添えられた」「持ち込まれた」「異名の」という意味がある。たいへん素朴な付加物のようだが、もう少し考えてみよう。この、どこからか現れるささやかな装置には、世界のあらゆるものを固有の場所に括りつける働きがある。存在をつかさどる留め金《ラッチ》なのだ。

　もちろん存在の仕方はさまざまだ。たとえば、ホメロスの叙事詩の世界では、存在は変わることはなく、固有性は伝統のうちに固定化している。ホメロスが血と言うとき、血は〈黒い〉。女性が現れるとき、彼女たちは〈足首が細い〉か〈一瞥する〉。ポセイドンの顔には必ず〈ポセイドンの青い眉〉がある。神々の笑い声は〈消えない〉。人間の脚は〈速い〉。海は〈疲れない〉。死は〈悪い〉。臆病者の肝臓は〈白い〉。ホメロスの形容語句は、世界のすべてのものを最適な属性に固定し、叙事詩として消費できるようにする決まった言い回しなのだ。その固定には情熱があるが、どんな類の情熱だろう。「消費とは物への情熱ではなく記号体系への情熱である」とボードリヤールが言っている。

　その記号体系の静止した表面にステシコロスは生まれた。彼は表面を休むことなく研究した。それは身をそらした。彼は迫った。それは止まった。「物への情熱」という言い方は、これをうまく表すようだ。そして理由は知る由もないが、ステシコロスは留め金《ラッチ》を外していった。

　ステシコロスは存在を解放したのだ。世界のあらゆる物が宙に浮かんでいった。急に邪魔がなくなると、たちまち馬は〈蹄に隙間がある〉になった。川は〈底が銀色をしている〉に。子どもは〈傷がない〉に。地獄は〈陽の高さほど深い〉に。ヘラクレスは〈試練に強い〉に。惑星は〈真夜中で固まっている〉に。不眠症の人間は〈歓喜の外にいる〉に。殺戮は〈クリーム状の暗黒である〉になった。簡単にいかない物もあった。たとえば、トロイのヘレネだ。姦通を表す形容語句に付されてきたのだ。ホメロスが用いる前からそれはあった。ステシコロスがその形容語句をヘレネから外したとき、彼を一瞬で盲目にしたかもしれない眩しい光が溢れた。これは大きな問題だ。ヘレネがステシコロスを盲目にした問題（「補遺A」と「補遺B」を参照）。ただし、一般的には答えようがないとされている（「補遺C」を参照）。

それより扱いやすいのがゲリュオンだ。ギリシア神話に登場するゲリュオンを、ステシコロスは長短短格の韻律と三つ組形式によって、長大な抒情詩として描いている。八十四のパピルスの断片といくつかの引用が現存し、標準的な版では『ゲリュオン譚』と名付けられている。それが伝えるのは、翼を持つ奇妙な赤い怪物が、エリュテイア（〈赤い場所〉を表す形容語句）という島で神秘的な赤い牛の群れの世話をしながらひっそりと暮らしていたが、ある日海を越えてやってきた英雄ヘラクレスに牛を奪われ殺された話だ。このような物語にはさまざまな語り方があった。ヘラクレスはギリシアの偉大な英雄であり、ゲリュオン殺しは世に知られる十二の功業のひとつだった。だからステシコロスが月並みな詩人だったなら、ヘラクレスの視点に立って、怪物は倒すものだという勝利の文化から生まれた、スリリングな物語として表現していたかもしれない。しかし、現存するステシコロスの詩の断片ではそうなっていない。じりじりと移り変わる場面がゲリュオンの視点で誇りと哀れみとともに描かれている。私たちが目にするのは、赤い少年の人生と彼の子犬。母親が嘆願する場面（急に終わる）。海を越えて迫りくるヘラクレスのショット。天の神々がゲリュオンの最期を予期する一瞬の映像。戦いそのもの。急にすべてがスローモーションになる中で、ヘラクレスの矢がゲリュオンの頭を割る瞬間。私たちはヘラクレスが例の棍棒で子犬を殺すのを目撃する。

だが序文はこれで十分だ。「ステシコロスは何が違うのか？」という問いは彼の代表作を考察すれば答えられる。それの最も重要な断片の一部は次の通りだ。テクストが難解だとしても、そう思うのはあなただけではない。時間はステシコロスに容赦なかった。ステシコロスの引用は長くても三十行しかないし、パピルスの切れ端（今なお発見され続け、最近では一九七七年にエジプトの木箱から回収された）からは、記されていることしかわからない。ステシコロスが古代ギリシア語で書いた断片はすべて、一八八二年のベルク版を皮切りに、編者の手を変えながら十三回出版されてきたが、内容も並びも版ごとにまったく異なっている。ベルクは言う——ひとつのテクストの歴史は長い愛撫に似ている、と。それはともかく、『ゲリュオン譚』の断片を読むと、あたかもステシコロスがかなり長い物語詩を書いてからそれをビリビリと破り、いくつかの叙情詩、講義メモ、肉片と混ぜて、箱に隠したように思える。断片につけられた番号は箱からこぼれ出ただいたいの順番を表している。もちろんあなたは箱を振り続けてかまわない。「肉と私にかけて、私を信じて」とガートルード・スタインが言うように。それでは。振って。

赤い肉、ステシコロスの断片

一　ゲリュオン

ゲリュオンは怪物　そのすべてが赤かった
朝になり毛布から出した鼻は赤かった
赤い景色の激しさよ　そこでは彼の牛たちが
赤い風のなかで足枷に足を擦りつける
ゲリュオンの夢の赤い夜明けのゼリーに
その身を埋めながら

ゲリュオンの夢は赤で始まると　大きな桶からこぼれ

持ち上がり　銀色に弾けてルーツを抜けた　さながら子犬
秘密の子犬　また赤い日の前で

二　そのころ彼が来た

塩の丘を越えてきたのはあの男
家の宝のことを知っていた
赤い尖塔に立ちのぼる赤い煙を目撃した

三　ゲリュオンの両親

夕食で仮面を被ると言い張るなら
もうおやすみなさい　ふたりはそう言って彼を上にやった
血のしたたるその階段　その先は乾いた熱い悪夢の腕
その先は時を刻む悪夢の赤いタクシー
行きたくない　下で本を読んでいたい

四　ゲリュオンの死が始まる

ゲリュオンは自分の赤い意識を端から端まで歩き　違うそれは
殺しだと答えた　涙を流して見たのは牛たちが倒れている姿
大好きなみんな　とゲリュオンは言った　つぎは僕か

五　ゲリュオンの反転可能な運命

母親がそれを見た　母親とはそういうもの
私を信じなさいと彼女は言った　彼の優しさをうまく処理する
今すぐ決めなくてもいい
彼女の赤い右頬のうしろにゲリュオンは
輝き出した電気コンロのコイルを見た

六　そのころ天国では

アテナは底がガラスでできた船の
床を通して下を見ていた　アテナは指した
ゼウスは彼をじっと見た

七　ゲリュオンの週末

遅く　かなり遅くに彼らは酒場を出てケンタウロスの家に
戻った　ケンタウロスの家にあったのは頭骨で作ったカップ　三杯分の
ワインが入る　それを抱えて飲んだ　こっちにおいでよ　ひとりで
いたくないなら酒を持ってきなよ　ケンタウロスが
隣のソファをぽんと叩くと蜜蜂ではなく赤みがかった黄色の
小さな命ある動物が　ゲリュオンの背骨の内側で動いた

八　ゲリュオンの父親

静かな根も叫び方を知っているかもしれない　彼は
言葉を飲み込みたがった　これが圧倒的な言葉だ　彼が
何度も戸口に立ってから言ったのがこれだ――

夜に雄牛が鼻鳴らす

九　ゲリュオンの戦いの記録

ゲリュオンは地に伏せて耳を塞いだ　馬たちのいななきは
まるで生き埋めになった薔薇のよう

十　教育

あのころ警察は弱かった　家族は強かった
最初の日は手を繋いでゲリュオンの母は彼を学校に
連れて行った　彼女は彼の小さな翼を整えてから

押してドアをくぐらせた

十一　まちがいなく

自分自身を怪物だと思う男の子はめずらしく
ない？　でも僕はまちがいなく怪物だとゲリュオンは
犬に言った　彼らは絶壁に座っていた　犬が彼を見ていた
うれしそうに

十二　翼

擦り切れた三月の空から跳んで　盲目の

大西洋の朝へと沈む　一匹の赤い
子犬がはるか下にある浜辺で跳ね回る
解き放たれた影のように

十三　ヘラクレスの殺しの棍棒

赤い子犬はそれを見なかった　彼はそれを感じた　あらゆる
ことが始まるけれど　ひとつが終わる

十四　ヘラクレスの矢

矢は殺しを意味する　ゲリュオンの頭を櫛のように分かち　その少年の

首が妙にゆっくり傾いだ　罌粟《けし》が裸の
そよかぜの鞭で　自らを辱めるときのように

十五　ゲリュオンについてわかっているすべて

彼は稲妻が好きだった　彼は島に住んでいた　母は
海へと注ぐ川のニンフ　父は金の切断具
古代の注釈によればステシコロスいわく
ゲリュオンには六本の手と六本の足と翼があった　彼は赤く
彼の奇妙な赤い牛は興奮していた　羨望に駆られたヘラクレスが
現れて家畜をもとめて彼を殺し
犬も殺した

十六　ゲリュオンの終わり

赤い世界とそこに吹く赤いそよかぜは
あり続けた　ゲリュオンは生き続けられなかった

補遺A

ヘレネがステシコロスを盲目にした問題への証言

『スーダ辞典』の「パリノディア」の項より。「撤回の歌」すなわち「前言の逆を言うこと」。たとえば、彼はヘレネを悪し様に書いたために盲目になったが、その後彼女への賛辞を書いたことで視力を取り戻した。夢から生まれたその賛辞は「パリノード」と呼ばれている。

イソクラテスの『ヘレネ頌《しょう》』六十四章より。ヘレネは力を示すべく詩人ステシコロスを見せしめにした。詩「ヘレネ」で冒頭から冒涜したためだ。彼は立ち上がると視力を奪われたことを知る。すぐに原因を悟り、いわゆる「パリノード」を書くと、ヘレネは元の状態に戻した。

プラトンの『パイドロス』二四三aより。神話は罪人を浄める古の術を伝える。ホメロスはその術を理解しなかったが、ステシコロスは理解した。ステシコロスはヘレネを誹謗したことで盲目にされたとき、（ホメロスと違って）呆然と立ち尽くしたりはしなかった——むしろその逆だった。ステシコロスには知性があった。彼は原因を認めると、ただちに腰を下ろして「パリノード」を書いた……

補遺B

ステシコロス「ステシコロスのパリノード」

（断片一九二　『ギリシア抒情詩人』）

いいえ　それは真実の物語ではない。
いいえ　あなたは漕座のある船に乗っていなかった。
いいえ　あなたはトロイアの塔にこなかった。

補遺C

ヘレネがステシコロスを盲目にした問題の整理

一　ステシコロスは盲目の男だったか。

二　ステシコロスが盲目の男だったとしたら、その盲目は一時的だったか、それとも永久的だったか。

三　ステシコロスの盲目が一時的だったとしたら、その状態は偶発的な要因によるものだったか、それともそうではなかったか。

四　その状態が偶発的な要因によるものだったとしたら、その要因はヘレネだったか、それともヘレネではなかったか。

五　その要因がヘレネだったとしたら、ヘレネには理由があったか、それとも理由はなかったか。

六　ヘレネに理由があったとしたら、その理由はステシコロスの言葉のせいだったか、それともそうではなかったか。

七　ヘレネの理由がステシコロスの言葉のせいだったとしたら、その言葉はヘレネの姦通（その負の結果としてトロイアが陥落したとは言わないが）に対する厳しい言葉だったか、それともそうではなかったか。

八　それがヘレネの姦通（その負の結果としてトロイアが陥落したとは言わない

が）に対する厳しい言葉だったとしたら、その言葉は嘘だったか、それともそうではなかったか。

九　その言葉が嘘ではなかったとしたら、私たちは逆に進んでいてこのまま推論を続けるとステシコロスの盲目をめぐる問題の振り出しに戻ってしまうか、それともそうはならないか。

十　私たちが逆に進んでいてこのまま推論を続けるとステシコロスの盲目をめぐる問題の振り出しに戻ってしまうとしたら、私たちは事件に巻き込まれないでいられるか、それとも途中でステシコロスと鉢合わせになるか。

十一　私たちが途中でステシコロスと鉢合わせになるとしたら、私たちは黙っているか、それともじっと目を見てヘレネに対する考えを聞くか。

十二　私たちがじっと目を見てヘレネに対する考えを聞くとしたら、彼は真実を語るか、それとも嘘をつくか。

十三　ステシコロスが嘘をつくとしたら、私たちは嘘を見破るか、それとも私たちが逆に進んでいるせいで景色全体が裏返しになっているため騙されてしまうか。

十四　私たちが逆に進んでいるせいで景色全体が裏返しになっているため騙されてしまうとしたら、私たちは万策尽きていることに気がつくか、それともヘレネに電話をかけて良い知らせを伝えるか。

十五　ヘレネに電話をかけるとしたら、彼女は座りながらベルモットのグラスを持って電話を鳴らしっぱなしにするか、それとも電話に出るか。

十六　彼女が電話に出るとしたら、私たちは（人がいうように）余計なことはしないでおくか、それともステシコロスに替わるか。

十七　私たちがステシコロスに替わるとしたら、彼は彼女の淫らさについての真実はこれまで以上に明らかになっていると主張するか、それとも自分の嘘を認めるか。

十八　ステシコロスが嘘を認めるとしたら、私たちは人ごみに紛れて消えるか、それともとどまってヘレネの反応を窺うか。

十九　私たちがとどまってヘレネの反応を窺うとしたら、私たちは彼女の弁証法の才に驚くことになるか、それとも警察に事情聴取のために街の中心部に連れていかれることになるか。

二十　私たちが警察に事情聴取のために街の中心部に連れていかれるとしたら、ステシコロスは盲目の男かという問題の整理を（目撃者として）期待されることになるか、それともならないか。

二十一　ステシコロスが盲目の男だったとしたら、私たちは嘘をつくか、もし違ったとしたら、つかないか。

赤の自伝　ロマンス

寡黙な火山には
決して眠ることのない企てがある
留めた彼の計画は淡紅色《ピンク》
危うき者には明かされない。

エホバが彼女に語ったこと
自然は語ろうとしないけれど
人間は聞き手がいなければ
生きることができないのか？

饒舌な者は皆　彼女の
閉じた口に諭されよ
ただひとつ人々が守る秘密
それは不死。

エミリ・ディキンスン（一七四八番）

一　正義

ゲリュオンは幼くして兄から正義を学んだ。

――

ふたりで通学していたことがある。兄はゲリュオンより大きくて
前を歩き
時々急に駆け出したり片膝をついて石を拾ったりした。
お兄ちゃんは石でよろこぶんだ
ゲリュオンは兄のうしろをちょろちょろ歩いて小石をつぶさに見た。
じつにさまざまな石があり
地味な石や不気味な石が赤い土に並んでいる。
立ち止まってそれぞれの生を考えたい。
そのとき、ご機嫌な人の腕から石が宙に放たれる。
なんという最期だ。ゲリュオンは急いで歩いた。
校庭に着いた。自分の足と足取りばかりをひたすら見ていた。

子どもが周りに押し寄せて
芝の赤く耐えがたい襲撃と、そこらじゅうに漂う芝の匂いが
頑なな海のように
引き寄せようとする。ゲリュオンは頭骨の眼窩から
目玉が飛び出そうだった。
扉にむかわなくてはいけない。兄を見失ってはいけない。
このふたつのこと。
学校は南北に伸びた煉瓦造り。南に正面玄関。男の子も女の子も全員そこを
通るのがきまり。
北に幼稚園の校舎。その円形の大きな窓は、奥の森をのぞみ、背の高い
ツルコケモモの垣根に囲まれている。
正面玄関と幼稚園のあいだに通路がある。ゲリュオンにとっては
十五万キロも続く
雷のトンネルと、巨人がこじ開けた屋内のネオンの空だった。
幼稚園の初日にゲリュオンは
母親と手をつないでその未知の土地をわたっていった。それから兄が

来る日も来る日もその務めを果たした。
しかし九月が十月に変わるころ、兄のなかで不満が育った。
ゲリュオンはずっとのろまだったが
人を変な気持ちにする目つきになっていた。
もう一度だけ連れてってよ、ちゃんとするから
ゲリュオンはそう言った。その目は恐ろしい穴。**のろま**、と兄は言って
弟を置いていった。
ゲリュオンも**のろま**はもっともだと思った。とはいえ正義がなされると
世界は崩落してしまう。
自分の小さな赤い影の上で、次にすべきことを考えた。
正面玄関が目の前にそびえていた。もしかしたら――
目を凝らし、校内図があるはずの場所へと
心のなかの炎をくぐっていく。
校内図の代わりにあったのは、強く輝く空白だった。
ゲリュオンはすっかり腹を立てた。
空白が燃えて焼け落ちる。ゲリュオンは逃げた。

それからはひとりで登校した。
正面玄関には決して近付かない。正義は純粋だ。彼はどこまでも続く
壁に沿って進んでいき
七年生の教室の窓、四年生の教室の窓、二年生の教室の窓、男子トイレの窓を過ぎて
校舎の北の端までいくと
学校の外れの茂みの中にいることにした。校舎で誰かが気がついて
入れようとしてくれるまで、じっとしているつもりだった。
手を振ったりもしない。
ガラスを叩いたりもしない。彼は待った。小さく、赤く、背筋を伸ばして待っていた。
片方の手で新品のカバンを
握りしめ、もう片方の手でコートのポケットにある幸運の一セントに触れていると
初雪が
まつげにふわりと落ちてきて、彼の周りの枝を覆って、世界のあらゆる痕跡を
沈黙させた。

二　それぞれ

まるで蜂蜜だ、正しい者の眠りは。

――

ゲリュオンは小さいころ、眠るのが大好きだったが目を覚ますのはもっと好きだった。
パジャマで外を駆け回った。
朝の厳しい風が生の礫《つぶて》を空に飛ばし、そのそれぞれは自らの世界を始められるほど
青かった。
それぞれという言葉が彼にむかって吹き飛んで、風に乗ってバラバラになった。
ゲリュオンはずっとそれに悩んでいた。それぞれのような言葉は
見つめると文字に分解してしまうのだ。
意味のスペースは残っていてもただの空白でしかない。
文字はといえば、周りの枝や家具にぶらさがっていた。
それぞれ**ってどういう意味？**
ゲリュオンは母親に聞いたことがあった。彼女は嘘をつかなかった。

彼女に教わる意味は消えることなく残るのだった。
彼女は答えた、**あなたとお兄ちゃんみたいにそれぞれ自分の部屋があるってこと。**
ゲリュオンはこのそれぞれ《イーチ》という強い言葉を身に纏った。
学校の黒板に赤いチョークで（完璧に）綴った。
彼は海《ビーチ》や金切り声《スクリーチ》などの
そばに置いておけるほかの言葉を穏やかに考えた。それから両親が
ゲリュオンを兄の部屋へと移らせた。
事故があった。ゲリュオンの祖母が家に来る途中でバスから落ちたのだ。
医者が銀色の大きなピンで
彼女を元どおりにつなぎ合わせた。彼女とピンはゲリュオンの部屋で何ヶ月も
横になる羽目になった。こうしてゲリュオンのナイトライフが始まった。
それ以前は夜を生きてはおらず、昼間とその赤い合間だけだった。
この部屋臭くない？　ゲリュオンがたずねる。
ゲリュオンと兄は暗闇のなかで二段ベッドに横になり、ゲリュオンは上の段だった。
ゲリュオンが腕や脚を動かすと
ベッドのバネがピンシャンシャンシャンピンピンと楽しげな音を立てて

清潔な厚手の包帯のように下から彼を包んだ。

臭いなんてしない、と兄が言った。**おまえの靴下だろ**
そうじゃなかったら蛙。

蛙を持ってきたの？　ゲリュオンがたずねる。**この臭いはおまえだ。**

ゲリュオンは黙った。

彼は事実を重んじる。**きっとこれもそれだ。**そして下から
別の音が聞こえてきた。

シャンシャンピンピンピンピンピンピンピンピンピンピンピンピン
ピンピンピンピンピンピンピンピンピン。

兄はその夜も寝る前に自分の棒を引っ張っていた。

どうして棒を引っ張るの？

ゲリュオンが聞いた。**関係ないだろ**　**おまえのを見せろ、**と兄は言った。

やだよ。

ついてないんだろ。ゲリュオンはたしかめた。**あるよ。**

おまえは醜いから取れたんだろ。

ゲリュオンは黙っていた。事実と兄の嫌悪との違いはわかるのだ。

見せろよ
いいものあげるから、と兄は言った。
やだ。
猫目石をひとつあげる。
うそだ。
あげるって。
だまされないよ。
約束するから。
ゲリュオンは猫目石がものすごく欲しくなった。地下室の床に冷たい膝をついて
兄や兄の友人たちと
ビー玉を弾いて遊んだときも、猫目石は決して手に入らなかった。
猫目石よりランクが上なのは
小さな鉄の玉だけだ。こうしてふたりは猫目石をかけた
性の取り引きを進めた。
棒を引っ張るとお兄ちゃんはよろこぶんだな、とゲリュオンは思った。**ママに言うなよ**
と兄が言った。

臭い漂う夜のルビーへの船旅は、自由と歪んだルールとの
闘いに変わった。
ゲリュオン　早く。
やだよ。
貸しがあるだろ。
ないよ。
おまえなんて嫌いだ。別にいいよ。ママに言うぞ。何を？
学校でみんなに嫌われてるって。
ゲリュオンは黙った。事実は暗闇で大きさを増す。その日から時々
彼はベッドの下の段に下りていき
兄の好きなようにさせたり、自分のマットレスの縁《へり》に顔を押し付けて
ぶら下がるようにしながら冷えた爪先で
バランスをとって下のベッドに立ったりした。それが終わると兄の声が
とても優しくなるのだった。
いいぞ　明日泳ぎに連れていく。
ゲリュオンは上の段に戻り

パジャマのズボンを直して仰むけに寝る。赤く脈打つ
夢のような熱が冷めるまで
体をまっすぐにして、外側と内側の違いについて
考えた。
内側は僕のものだ、と彼は思った。次の日ゲリュオンと兄は
海に出かけた。
泳いだりゲップをしたり、ジャムと砂のサンドイッチを毛布の上で食べたりした。
兄はアメリカドル紙幣を見つけて
ゲリュオンに渡した。ゲリュオンは昔の戦争で使ったヘルメットの破片を見つけて隠した。
その日は彼が
自伝を始めた日でもある。その中に記していったのは、内側のあらゆるもの
とくに自分の武勇伝と
社会を絶望に陥れる若き死。外側のあらゆるものは
冷静に省いた。

三　イミテーションダイヤ

ゲリュオンは背筋を伸ばしてテーブルの下に両手をさっと隠したが遅かった。

――

掻いちゃダメだよ　化膿する。ほおっておけば治るよ、
母親はそう言いながら
イミテーションダイヤの姿でドアへとむかった。その夜を待ちわびていたのだ。
ゲリュオンは目を丸くした。
彼女はとても麗しかった。ずっと見ていられる。だが彼女はドアのところにいて
そして行ってしまった。
部屋のほとんどの空気が一緒に出ていったせいで、キッチンの壁が
縮んだのを彼は感じた。
息ができなかった。泣いてはいけない。ドアが閉じる音を、聞かないようにしないと
いけない。内側の世界に意識をひたすら集中させた。
そのとき兄がキッチンに入ってきた。

レスリングしようぜ？　兄が言った。
やらない、とゲリュオン。
どうして？　嫌だから。やろうぜ。兄はテーブルにあった
空っぽの金属製のフルーツボウルを持って
逆さにしてゲリュオンの頭に被せた。
今何時？
フルーツボウルからゲリュオンのくぐもった声。**知らない、**と兄が言う。
おしえてよ。
自分で見ろよ。見たくない。見方がわからないってこと？
フルーツボウルは黙っている。
ほんとにバカだ　時間がわからないんだろ　いくつなんだよ？　どうしようもない。
靴紐は結べるのか？
フルーツボウルが止まった。固結びはできるが蝶結びではできない。
ゲリュオンは違いを無視することにした。
できるよ。
急に兄が背後に回り込んで首を絞めた。

これがサイレント・デス・ホールドだ、
戦場で見張りをこうやって倒すんだ。ぐっとひねると
首が折れる。
ベビーシッターが近づいてくる音がして、兄がぱっと離れた。
またゲリュオンが拗ねてるの？
ベビーシッターがキッチンに入ってきた。**違うよ、**とフルーツボウルが言う。
ゲリュオンは
ベビーシッターの声を心底聞きたくなかった。というよりできることなら
知り合いたくなかったのだろうが
必要な情報がひとつあった。
今何時？
たずねる自分の声がした。**七時四十五分、**と彼女は答えた。**ママは何時に帰ってくる？**
だいぶ先だよ
たぶん十一時。それを聞いたゲリュオンは、部屋にあるすべてのものが
自分の元から世界の縁へ
飛んでいってしまう気がした。

だがベビーシッターは続けた、
そろそろ寝る支度をしようね。
彼女はゲリュオンの頭からフルーツボウルをはずしてシンクの方に行った。
本を読んであげようか？
寝つきが悪いってママから聞いたよ。どんな本が好きなの？
いくつかの単語が灰のようにゲリュオンの頭をかすめる。
ベビーシッターがふさわしくない声でそう言うのをやり過ごすしかない。
彼女は彼の前に立ち
激しくほほ笑みながら、顔から何かを読み取ろうとしていた。**アビの本を読んで、**
と彼は言った。警戒したのだ。
それはアビを呼ぶ方法が書いてある本だ。その本なら
母親のものである台詞から
彼女のふさわしくない声をどけられる。ベビーシッターは機嫌よく
アビの本を見つけに行った。
しばらくしてふたりが二段ベッドの上の段に座り、アビを呼ぶ声を出していると
ゲリュオンの兄がすごい勢いでやってきて

下の段にドスンと乗ると、全員天井に跳ね上がった。
ゲリュオンが膝を立てて
壁に寄りかかっていると兄の頭が現れて
続けて兄の残りが現れた。
彼はよじ登ってゲリュオンの隣に行った。親指と人差し指で
太いゴムバンドを伸ばして
ゲリュオンの脚にパチンと当てた。**おまえの好きな武器は何だ？**
俺は投石機　バーン——
ゲリュオンの脚にもう一度パチンと当てた——**投石機で奇襲すれば**
街を壊滅できるぞ　バーン——
皆殺しだ　アレクサンダー大王がしたみたいに火の海にもできる
アレクサンダー大王が
投石機を発明したんだ　バーン——やめなさい
ベビーシッターが
ゴムバンドをつかもうとした。つかみ損ねた。鼻の眼鏡を
押し上げて言った、**ギャロッテ。**

ギャロッテが一番好きだな。すっきりしてる。フランス語の名前だけど
イタリアでできたんだと思う。
ギャロッテって？　兄が聞いた。彼女が彼の親指からゴムバンドを取って
自分のシャツのポケットに押し込んで言った
普通は絹の短い紐で、片方の端に結び輪がある。背後から
首にかけて
強く締める。気管が切れる。一瞬苦しんで死ぬよ。
音もしないし血も出ないし
ポケットに入れても膨らまない。人殺しが電車で使う手なんだよ。
兄は片目をつぶり彼女をじっと見て聞き入っていた。
ゲリュオンは？
どんな武器が好き？　檻、とゲリュオンは顎を膝に乗せて言った。
檻？　兄が言った。
バカ　檻は武器じゃないだろ。ものじゃないと武器にならない。
敵を破壊できないと。
そのとき、下の階で大きな音がした。ゲリュオンの中で何かが燃え上がった。

そして勢いよく走り出した。ママ！

四　火曜日

火曜日がいちばん良かった。

――


冬の第二火曜日は、ゲリュオンの父と兄がアイスホッケーの練習に出かけた。

ゲリュオンは母親とふたりで夕食を食べた。

夜が上陸するとふたりでニコニコした。家のすべての明かりをつけた。

使っていない部屋のもだ。

ゲリュオンの母は、缶詰の桃や浸しやすいように細長く切ったトーストなどの
ふたりの好物を用意した。

バターをたっぷり塗ったトーストに、若干油膜の浮いた桃のジュース。

食事をトレーにのせてリビングに運ぶ。

ゲリュオンの母は、雑誌とタバコと電話と一緒にラグに座った。

隣でゲリュオンがランプを使って作業する。

タバコをトマトに貼り付けている。**唇をいじっちゃだめだよ　ほおっておけば治るよ。**

彼女は鼻から煙を出して
ダイヤルを回した。マリア？　私だけど話せる？　彼、何だって？
……
いきなり？
……
嫌なやつ
……
自由じゃなくて無関心だよ
……
いわゆる中毒ね
……
私なら捨てる
……
それじゃメロドラマだよ――彼女はタバコを深く吸った――ゆっくりバスタブに浸かりなよ
……
わかってる　もう関係ないよね

……

ゲリュオン？　元気だよ　隣で自伝を作ってる

……

オブジェ　字はまだ書けないから

……

外で見つけたいろんなもの　いつも何かを探してる

そうでしょ　ゲリュオン？

彼女は受話器を当てたまま彼にウインクした。彼は両目でウインクを返し
また作業を続けた。

彼は母親の財布に入っていたシワのない紙を破いて
髪の毛としてトマトに貼った。

家の外では一月の黒い風が空のてっぺんから吹いてきて
窓のガラスを激しく叩いた。

ランプがぱっと燃え上がる。**きれいだね、**彼女が電話を切って言った。

素敵なオブジェ。

彼女はトマトをつぶさに見ながらゲリュオンの光る小さな頭に手を置いた。

そして屈んで両目に一回ずつキスをして
桃の入った器をトレーから取って、ゲリュオンに渡した。
今度は十ドル札じゃなくて一ドル札を髪の毛にしてね。
ふたりで桃を食べ始めると、彼女は言った。

五　網戸

ゲリュオンの母はアイロン台のところでタバコを燻らせながら彼を見ていた。

——

外では暗いピンクの空気が
すでに暑くて、人や鳥の声もしていた。**学校へ行く時間、**と彼女が言うのは三回目。
その涼しい声が
洗った布巾の山をふわりと越えて、うす暗いキッチンを通り抜け、網戸のところの
ゲリュオンに届く。
埃っぽくて中世のような臭いがする網戸のことを、彼は四十になっても
忘れないだろう。
網戸の網に顔を押しつけていたのだ。彼女がうしろにいた。**あなたが弱虫なら**
つらいと思うけど
あなたはそうじゃない。彼女は彼の小さな赤い翼を整えて
網戸の外へ押し出した。

六　思いついたこと

ついにゲリュオンは書けるようになった。

　　――――

母親の友人のマリアから表紙が蛍光色の
日本製のノートをもらった。
ゲリュオンは表紙に「自伝」と書いた。内側に事実を記した。

げりゅおんについてわかっているぜんじじつ。
げりゅおんはかいぶつ。すべてがあか。たいせいようの「あかいばしょ」とい
うしまにすんでいた。ははおやはうみにそそぐ「あかいかんきのかわ」という
かわ。ちちおやはおうごん。げりゅおんにはろっぽんのてとろっぽんのあしが
あったらしい。つばさもあったらしい。げりゅおんはあか。きみょうなうしも
あか。へらくれすがあらわれげりゅおんをころしてうしをうばった。

彼は事実の後に問いと答えを記した。

〈とい〉なぜへらくれすはげりゅおんをころしたのか？

1　らんぼうものだったから。

2　しれんのひとつ（じゅうばんめ）としてやむをえず。

3　しであるげりゅおんをころせばえいえんにいきられることをおもいついて。

さいご

げりゅおんはあかいこいぬをかっていたがへらくれすはそれもころした。

よくこんなことを思いつきますね、と教師は言った。保護者面談だった。

三人は小さな机を横に並べて座っていた。

母親が舌についたタバコの葉をつまむのをゲリュオンは見ていた。母親が言った、

この子はハッピーな結末を書いたことありますか？

ゲリュオンは止まった。

そして手を伸ばして教師の手から作文用紙をそっと

解放した。
教室のうしろへゆっくり歩いていき、普段座る席に着いて鉛筆を出した。

あたらしいけつまつ。
せかいじゅうでうつくしいあかいそよかぜがてをとりあって
ふきつづけていた。

七　チェンジ

どうにかゲリュオンは思春期を迎えた。

――

そしてヘラクレスと出会い生の王国がギアを数段下げた。
ふたりは水槽の
底に暮らす優れたウナギで、イタリック体のような互いの存在に気がついた。
ある金曜日の午前三時ごろ、ゲリュオンは
バスターミナルに入っていき、自宅へ電話をかけるために小銭《チェンジ》を手に入れようとした。
ニューメキシコからのバスをヘラクレスが
降りているとき、ゲリュオンがプラットホームにやってきてそこに
盲目とは真逆の瞬間《とき》のひとつが生じた。
世界がふたりの目のあいだを、一度か二度、なだれのように行き来した。
バスを降りたがっている乗客たちが
ヘラクレスの背後で滞っていたけれど、彼は片手にスーツケースを持ち

もう片方の手でシャツをズボンに
たくし込みながら最下段で止まっていた。**一ドルを両替《チェンジ》できる？**
ゲリュオンはゲリュオンの声を聞いた。
できない。ヘラクレスがゲリュオンをまっすぐ見つめる。**でも二十五セントあげる。**
どうして？
俺は人に優しくありたい。数時間後にふたりは
そこから離れた線路の分岐器の
信号ちかくで一緒に立っていた。巨大な夜が頭上で移ろい
夜の雫を撒き散らす。
寒いよな、とヘラクレスがおもむろに言った。**手が冷たいぞ。ここに。**
彼はゲリュオンの手を自分のシャツのなかに入れた。

八　シャッターを押す

いつも一緒にいるあたらしい子は誰？

――

母親はうしろをむいてタバコの灰をシンクに落とし、またゲリュオンとむき合った。
彼はテーブルの椅子に座って
顔の前でカメラのフォーカスをいじっていた。返事をしない。
そのころ言葉を放棄していた。
母親が続ける。**その子は学校に通ってないらしいね、歳上なの？**
ゲリュオンは彼女の喉元にフォーカスを合わせた。
近所で見かけた人がいないんだけど、トレーラーパークに住んでるってほんと？
夜そこに行ってるの？
ゲリュオンがフォーカスリングを回して三メートルから三・五メートルに切り替える。
喋り続けるから
賢そうなことを言ったら撮って。彼女は息を吸った。

夜中にだけ動き回る人なんて
私は信用できない。息を吐いた。でもあんたを信用してる。**夜、ベッドで考える**
なんで私は
役立つことを子どもに教えなかったんだろうって――タバコを消す前にひと吸いした――
あんたは私なんかより
セックスのことを知ってると思う――シンクでタバコをもみ消したとき
彼がシャッターを押した。
笑いかけの声が彼女から逃れた。
ゲリュオンはまたフォーカスをいじって口元を狙った。彼女は何も言わず
シンクに寄りかかり
レンズの視線を見つめていた。**笑っちゃうけどあんたは赤ん坊のとき**
ぜんぜん寝付かなかったんだよ
覚えてないでしょ？　夜、あんたの部屋に行くと、ベビーベッドで
仰むけになってて
目を大きく開いてた。暗闇をじっと見てた。泣いたりせずにひたすら見てた。
そうやって何時間も横になってても

テレビのある部屋に連れてくと五分で眠っちゃうんだよ――ゲリュオンのカメラが左をむいた。

兄がキッチンに入ってきた。**街に行くけど　行くか?**

少し金を持ってこい――

彼が外に出て網戸をバンと閉めるとその言葉がうしろに落ちた。

ゲリュオンはゆっくり立ち上がり
シャッターを閉じてカメラをジャケットのポケットに押し込んだ。

レンズキャップは持った?　すれ違いざまに彼女が言った。

九　空間と時間

人のあり方は他とぶつかり明確になる。

――

ゲリュオンは自分に驚いた。毎日のようにヘラクレスに会っている。
ふたりのあいだに
自ずと生まれた一瞬が、生の壁からすべての雫を奪いとり
幽霊だけがそこに残って
ふるい地図のようにカサカサいった。語るべきことがない。感じたのは自由と光だ。
母親の前では炎に焼かれた。
あんたのことがもうわからないよ、彼の部屋の戸口にもたれて彼女は言った。
夕飯のとき急に雨が降り出したのに
もう夕焼けが窓辺の雫を驚かせている。なつかしい就寝時の平穏が
部屋を満たした。愛では穏やかになることも
優しくなることもできない、とゲリュオンが思ったのは、光の両岸から

母親と見つめ合ったときだった。

ポケットに金と鍵とフィルムを入れた。彼女がタバコで手の甲をトントンと叩いている。

昼過ぎに一番上の引き出しにきれいなTシャツを入れておいたよ、と彼女は言った。

その声は
彼がその部屋で過ごした歳月で円を描いた。ゲリュオンは目を落とした。

このTシャツはきれい、と彼は言った。

そうは見えない？　所々破れていた。

「GOD LOVES LOLA」という赤い文字。

背中を見られなくてよかった、と彼は思った。ジャケットを着て肩をすくめ
カメラをポケットに突っ込んだ。

何時に戻る？　と彼女がたずねる。**そんなに遅くならない**、と彼は答える。

家から出たいという純粋な気持ちでいっぱいだった。

それで　その男の子の　ヘラクレスのどこが好きなの？　教えてよ。

なんていうか、とゲリュオンは考えた。

説明できない無数のものが彼の意識から流れ出た。**アートに詳しいんだ。**

話が盛り上がる。

彼女は目をむけずに通り過ぎながら、火のついてないタバコを
シャツの胸ポケットにしまった。
「距離はどうなってる？」は単純で直接的な質問だ。距離といっても空虚な立場から
恋人の状態にいたるまで幅がある。光にゆだねられている。
つけようか？　彼はマッチの束を
ジーンズから出しながら
彼女にむかう。**大丈夫、**と彼女は背をむけた。
ほんとうにもうやめるから。

十　セックスの問題

それは問題？

　——

もう帰らないと。
わかった。
ふたりはそれでも座ったままだった。ハイウェイの出口で車を停めていた。
冷たい夜の匂いが
窓から染み込んできた。新月が肋《あばら》のように空の端に白く浮かんでいた。
俺は満足しないタイプかも、
とヘラクレスが言った。ゲリュオンは全神経が体の表面に移動するのがわかった。
満足って？
満足は満足。わからないよ。遠くの幹線道路から、釣り針が
世界の底をこする音が聞こえた。
だから。満足。ゲリュオンは必死に考えた。炎が彼を通り抜ける。

彼は慎重にセックスのことを
聞こうとしていた。なぜセックスが問題になるのだろう？　お互いに気持ちを
表現するのが
必要だというのはわかるが、どんな行為だっていいじゃないか。
彼は十四。
セックスは人を理解する手段だよ、
ヘラクレスにそう言われたことがあった。彼は十六。質問の中の熱い未整理のものが
ゲリュオンの裂け目という裂け目から、炎となって燃え上がったが
彼はぎこちない笑みを浮かべながらそれを鎮めた。ヘラクレスが見ていた。
突然の沈黙。
まあいいけど、とヘラクレスが言う。彼の声が打ち寄せて
ゲリュオンは心を開いた。
聞きたいんだけど、と言ったゲリュオンは続けてこうたずねるつもりだった、
セックスが好きな人たちも、セックスが問題になるの？
だが言葉は正しく現れない——**毎日セックスのことを考えてるってほんと？**
ヘラクレスの体が強張る。

それは質問じゃなくて非難だ。ベルベットの匂いのような黒くて重い何かが
ふたりのあいだに落っこちた。
ヘラクレスはエンジンをかけ、彼らは夜の背中に飛び乗った。
触れるのではなく
驚きによって共にいた。ふたつの傷が同じ肉体に並ぶように。

旅が必要なときもある。

——

十一　ハデス

〈魂は密かにすべてを支配し、体は何も果たさない〉
そのことを人は
直感的に十四で気づき、頭が混沌としている十六になっても
覚えている。ふたりはこの真実を
ハデスに行く前の晩にハイスクールの長い壁にペンキで描いた。
ヘラクレスの故郷のハデスは
島の反対側の端、車で四時間ほどのところにある中くらいの大きさの
あまり重要ではない街だが、ひとつだけ
特別なものがある。**火山を見たことあるか？**　とヘラクレスが聞いた。
ゲリュオンは彼を見ていると
魂が脇腹で動くのを感じた。母宛の嘘だらけの書き置きを

冷蔵庫に貼った。

ふたりはヘラクレスの車に乗り込み西へむかった。　冷たい緑の夏の夜。

活《い》きてる？

火山？　そうだ　彼女が最後に噴火したのは一九二三年。　一八〇立方キロメートルの
岩を飛ばして
田園地帯を炎で覆って、　入江にいた十六隻の船を沈めた。

うちのおばあさんが言ってたけど
街の気温が七〇〇度になったらしい。

中心部では
ウィスキーとラムの樽が燃え出した。

おばあさんは噴火を見たの？

屋根から見たって。　写真を撮ってた。　昼間の三時なのにまるで真夜中だったらしい。

街はどうなった？

丸焦げだ。　生き残った囚人が牢獄にいた。

その人はどうなったの？

うちのおばあさんに聞いてみろよ。　お気に入りの話だから――

溶岩男の話。

溶岩男？　ヘラクレスがニヤッと笑い、ふたりは高速道路に飛び込んでいった。

おまえはうちの家族を気にいるよ。

十二　溶岩

彼はどれくらい眠っていたかわからなかった。

――

黒が包む静止した夜。彼は熱く、じっと横になっていた。動くことは
彼が埋もれた広大な
盲目のキッチンの底から取り戻せない記憶だった。
棚にあるパンのように
眠りの家にいるようだった。廊下のほうで扇風機《ファン》と思しき
一定の速さで動く音があり
人の声の断片が裂け、通り過ぎていった――
かなり前のことのようだ――その夢の悪い埃がたなびいて
彼の肌に触れた。女性のことを考えた。
夜闇《よやみ》の中で
耳をそばだてている女性は、どんな気持ちでいるのだろう。沈黙の黒いマントルが

地熱のようにふたりのあいだに広がった。
強姦魔は階段を上るのが溶岩のように遅いようだ。
彼女が聴いているのは
その男の意識を宿して迫ってくる虚空。溶岩は九時間かけて
一インチ進む。
色や流動性は温度によって変わり、暗赤色で硬さのあるもの
（一八〇〇度以下）から
黄色に輝く液状のもの（一九五〇度以上）まである。
彼女は考える
あの男も聴いているのだろうかと。残酷にも、彼女は聴きながら眠ってしまう。

十三　夢遊病者

ゲリュオンは早くに目を覚ますと、自分の箱が縮んでいる感じがした。

――

熱い圧力を感じる朝。人間と言葉が回転する家。
ここは？
どこからか聞こえる声。彼は泥のように階下へ降りて
家の中を通り抜け
裏のポーチへむかう。ステージのように大きくて陰で暗いが、日向にのぞんでいる。
ゲリュオンは目を細めた。
草が彼にむかって泳ぎ、そして離れていった。戦闘機のように二層の翼を持つ虫が
陽気に集まって
熱くて白い風に乗って飛び回る。光で
ふらついた彼は
ポーチの階段の上で急いで腰を下ろした。ヘラクレスが草の上で体を伸ばして

眠たそうに話している。
世界がゆっくり動いてる、と言っている。彼の祖母が
ピクニックテーブルでトーストを食べながら
死について話していた。彼女の兄は最期まで意識はあったのに
話せなかった、と。
その彼は体に管を抜き差しされるところを見ていたので
祖母たちはその一本一本を説明した。
それは夜の女王の生気　チクッとするけど
黒い流れを感じるだろう、とヘラクレスが
眠たげな声で言ったが誰も聞いていない。大きな赤い蝶が
小さな黒い蝶に乗って飛んでいった。
優しい、ゲリュオンが言った、**彼が彼を助けてる。**ヘラクレスは片目を開けて見た。
彼が彼をファックしてるんだ。
ヘラクレス！　祖母が言った。彼は目を閉じた。
悪者になるとつらいな。
彼はゲリュオンを見て笑った。**俺たちの火山を見せようか？**

十四　赤い忍耐

ゲリュオンはその写真に動揺する理由がわからなかった。

――――

彼女は一九二三年のあの午後に、ひとりで屋根に登って箱型カメラで
それを撮った。「赤い忍耐」。
十五分露光で記録したのは円錐火山のおおまかな輪郭や
その周辺（日中によく見える）と
宙を舞い斜面を転がる眩《まばゆ》い火山弾の雨
（闇の中でも見える）。
火山弾が噴火口から時速三〇〇キロを超える速度で飛び出したことを
彼女は語った。その円錐丘は
火山地帯の大地から一〇〇〇メートル隆起すると、数ヶ月でおよそ一〇〇万トンの
灰と、噴石と、火山弾を噴き出した。
溶岩は二十九ヶ月にわたって流れ続けた。ゲリュオンは写真の下の方に

降り積もる灰に殺された
松の枯れ木があるのがわかった。「赤い忍耐」。その写真の静止した表面に
圧縮されているのは
十五分にわたる瞬間、つまり火山弾が飛び、灰が落ち
松が絶命するまでの
九〇〇秒。ゲリュオンは何度も見返してしまう理由が
わからなかった。
特段見応えのある写真だと思った訳ではない。
そういう写真がどうやって撮られるか
理解していなかった訳ではない。
彼は繰り返し見た。
牢獄にいる男を十五分露光で撮ったらどんな写真になりますか？　たとえば溶岩が
窓まで来たところとか。
そう彼はたずねた。**主体と客体がごっちゃになってるよ、**と彼女は言った。
なってますね、とゲリュオンは言った。

十五　ふたり

そのころ、ゲリュオンは幼少期以来忘れていた苦しみを味わっていた。

―――

彼の翼はもがいていた。心を持たない小さな赤い動物のように
肩の上で互いにむしり合った。
ゲリュオンは地下室で見つけた木の板を背中に当てて
そこに翼を縛りつけた。
そして上からジャケットを羽織った。**機嫌が悪そうだな　何かあったのか？**
とヘラクレスが、地下室から階段を上ってくるゲリュオンを
見て言った。声が鋭かった。ゲリュオンの幸せな顔を見たかったのだ。
ゲリュオンは感じた、翼が内側へ曲がる、曲がる、曲がる。
なんでもないよ。ゲリュオンは顔の半分でどうにか笑った。**じゃあ明日な。**
明日？
明日　車で火山に行こう　気に入るぞ。

わかった。

写真を撮れよ。ゲリュオンは突然座り込んだ。**あと今日の夜——ゲリュオン？　大丈夫か？**

うん、大丈夫、聞いてる。夜——？

なんで上着を頭から被ってるんだ？

……………………

聞こえない。上着がずれた。ゲリュオンが内側から覗いた。言ったろ

プライバシーが欲しいときがあるって。

ヘラクレスは見つめていた。池のように静かな目で。ふたりは、この奇妙なふたりは見つめあっていた。

十六　毛繕い

子どものころのように空をじっと見渡してるけど、これは何の夜明け？

――

ヘラクレスは擦り切れた絹のように青い熱の中に横たわり
たのむ、と言った。その声のかすれから
ゲリュオンがなぜか想像したのは朝一番に
入った納屋の
夜露を含んだ干し草に陽が当たっているところ。
口をつけてくれよ。
ゲリュオンはした。じゅうぶん甘かった。今年はたくさんのことを学んでる
とゲリュオンは思った。とても新鮮な味。
感じたのは明快さと逞しさ――傷ついた天使みたいな者ではなく
マチスやチャーリー・パーカーのように
人を惹きつける存在。そしてふたりは長いあいだ横になってキスをしてから

ゴリラごっこ。空腹になった。
ほどなくしてバスターミル内の屋台で座って食事を待った。
ヘラクレスがゲリュオンの頭を
膝に乗せて虱がいないかと毛繕いをし
ふたりでお気に入りの歌（「もろびとこぞりて」）の
練習を始めた。ゴリラの呻きが、忙しない場の朝食のざわめきに混ざる。
ウェイトレスが卵をのせた皿を
ふたつ持って現れた。ゲリュオンがヘラクレスの腕の下からじっと見上げた。
新婚さん？　と彼女は言った。

十七　壁

その夜、ふたりは落書きをしに出かけた。

———

ゲリュオンは子どもの赤い翼を生やした「LOVE SLAVE《愛の奴隷》」をカトリック教会の隣にある
神父の家のガレージに描いた。
ふたりは中心街を抜けていって、郵便局の壁に白い太字（塗り立て）を
見つけた。「CAPITALISM SUCKS《資本主義は最悪》」。
ヘラクレスは、どうしたものかと塗装用具に目をやった。**そうだなあ。**路地に車を停める。
まっ黒な線でその白い文字を
しっかり消してから、チャンサリー体のふわりとした赤い雲で
そこを囲んだ。
「CUT HERE《ここを切りとる》」。車に入るとき彼は喋らなかった。
それから高速道路の入口に続くトンネルを
進んでいった。ゲリュオンは退屈していて、いいスペースが

見つからないと言って
カメラを出して車が往来する音の方へ行った。陸橋の上には
夜が広がり
揺れるヘッドライトが海のよう。風にむかって立ち、風の思うがままに剝がされ
きれいになった。
トンネルに戻ると、ヘラクレスがステンシルで施された消えかけの
「LEAVE THE WALLS ALONE《壁から離れろ》」の上から
七つの座右の銘を、黒と白で縦に描き終えて
片膝をついて缶の縁で筆をこすっていた。
彼は顔を上げずに言った、**塗料がまだあるから「LOVE SLAVE」をまた描くか？　いや**
気分が上がることをしよう。
君が描くのは囚われればかりだ　滅入るよ。
ゲリュオンはヘラクレスの頭のてっぺんを見ながら
越えられない線をまた感じた。何も言えなかった。何も。その事実を
いくらか驚きながら見つめるしかなかった。子どものころに
アイスクリームを犬に食べられたことがあった。おおげさで小さな赤い拳の中に

空っぽのコーンだけが残った。

ヘラクレスが立ち上がる。**嫌か？　なら行こう**。帰り道にふたりは「もろびとこぞりて」を歌ってみたが、あまりに疲れていてうまくいかなかった。長い道だったようだ。

十八　彼女

家に帰ると、ポーチから届く光を除けばまっくらだった。

——

ヘラクレスが見に行った。ゲリュオンは自宅に電話をしようと思って階段を駆け上がった。
母親の部屋に電話があるから使えよ
階段を上って左、とヘラクレスがうしろから言った。しかしゲリュオンは部屋につくと
突然硬くなったいつかの夜の中で、立ち止まった。
僕は誰？　以前その闇の中、階段で両手を広げて
スイッチを探したことがあった——押すと
部屋が荒れ狂った波のように突然現れた。酔った女性の鎮まらない残骸。
彼が見たのはスリップと
床に落ちた雑誌と櫛とベビーパウダーと電話帳の山と真珠が入った鉢と
水の入ったティーカップと口紅で引っ掻いたように酷い
鏡の中の自分——彼は明かりをバンッと消した。

以前はそこで、ベルトの飾りのように
彼女という言葉の内側でぶらさがっていた。黒の中で赤い閃光が
瞼《まぶた》を走る。
ゲリュオンが階段を下りているとおばあさんの声が聞こえた。
彼女はポーチのブランコに座り
両手を膝に置いて小さな足をぶらぶらさせていた。キッチンのドアから長方形の光が
ポーチに落ちて
彼女の裾に当たっていた。ヘラクレスはピクニック用のテーブルで仰むけになって
顔の上で両腕を交差させている。
祖母はゲリュオンがポーチに入ってきて祖母たちのあいだにある
デッキチェアに座るのを見ながら
喋り続けていた——**水面に届かなければ**
肺が破裂するっていうでしょ——
肺は破裂しない　酸素がなければ潰れるだけ　これはヴァージニア・ウルフに
パーティーでおしえてもらったこと　だけどもちろん
溺死についていては話してもらえなかった——これって前に言った?

私が覚えているのは彼女のむこうの空が紫色だったこと
こっちに来てこう言ったこと「こんなに広い庭なのにどうして電気《エレクトリシティ》のように
ひとりでいるの？」電気《エレクトリシティ》って？
きっとケーキとティーって言ったのね　確かに私たちはジンを飲んでた　とっくに
ティータイムは過ぎてた　それはそうと彼女はとっても独創的な女性
私は神に「あれがケーキとティーでありますように」って祈ってた　もしそうなら
彼女にブエノスアイレスの話ができるの　あのアルゼンチン人は
毎日五時に小さなカップでティーを飲むのが好きで好きでしょうがなかった　でも彼女は
どこかへ行ってしまった　小さくて骨みたいに透き通るようなきれいなカップ
ブエノスアイレスで犬を飼ってたけど　その顔からすると私は脈絡なく話してるわね。
ゲリュオンは飛び上がった。そんなことないですよ、と彼はデッキチェアに
抉り出されながら大声で言った。犬はフロイトの贈り物だったけどこれはまた別の話。
何ですか？
溺死したのよ　フロイトじゃなくて犬がね　それでフロイトがジョークを言ったけど
中途半端な転移をネタにしていて笑えなかった　そのドイツ語は
思い出せないけどドイツの天気はよく覚えてる。

どんな天気でしたか？
寒さと月明かり。フロイトに夜会ったんですか？　夏だけね。
電話が鳴ってヘラクレスが
テーブルから落ち、電話に出ようとして走った。七月の月影が草の上で
止まっていた。ゲリュオンは
そこから染み出る何かをじっと見ていた。何の話だったかな？　そうそうフロイト　現実は
蜘蛛の巣　フロイトが言ってた――
おばあさん。なあに。聞いていいですか？　もちろん。溶岩男のことが知りたいです。
ああ。
どんな人だったか知りたいです。ひどい火傷があった。でも死ななかったんですか？
刑務所ではね。
それから？　それからバーナムに入ったよ　バーナム・サーカスのことね
全米ツアーをして大儲けしてたわね
私は十二のときにメキシコシティでショーを見たよ。よかったですか？
とてもよかった　フロイトなら
無意識の形而上学って呼んだだろうけど十二の私はひねくれてなかったの　楽しんだよ。

それで彼は何をしたんですか？　記念の軽石を配ったり
白熱光を浴びた体を見せてた
私は黄金の雫ですよって
私は地球内部のことをお伝えするために核から戻ってきた溶解物質——
ご覧ください　針を刺した親指から
黄土色の液が滴って　板に落ちてジュッと音を立てますよ——
火山の血だよ。体温は常に一三〇度だと
言い張って、テント裏で七十五セントで触らせてたね。触ったんですか？
彼女は黙った。ええとね——ヘラクレスが飛び込んできた。
おまえの母さんから電話。俺にさんざん怒鳴ったから、おまえと話したいって。

十九　大昔の自分から早朝の自分まで

現実はひとつの音だから、それに合わせなくてはいけない。叫び続けるだけじゃなく。

――

彼が早くに目を覚ますと騒がしい夢も同時に消えた。彼は横になったまま壮大で
神秘的なハデスの渓谷に耳を澄ませていた。
働き者の暁の猿たちが、マホガニーの木を上に下にと動いては
互いに媚を売ったり誑《たぶら》かしたりしている。
ゲリュオンは耳をつんざくような鳴き声のせいで、細かい傷を負った。彼が自伝の案を
考えたくなる時間帯のことで
覚醒と眠りのはざまにあって、魂の中で無数の吸気孔《あな》が開く時だった。
地球の地殻――中身との比率では
卵の殻の十分の一の厚さになる――と同じように、魂の膜は
内と外の圧力が起こした奇跡だ。
地球の内側の核が押し出す数百万キロの圧力は

最後には地上の冷気と出会って止まる。
人と人との出会いのように。ゲリュオンは
自伝を五歳から四十四歳まで書き続けたが
このころはフォトエッセイの
かたちをとっていた。僕は過渡期にいる、と
どこかで知った表現を使って考えた――
ドアが壁に当たる。ヘラクレスがドアを蹴ってカップをふたつとバナナを三本
乗せたトレーを持ってきた。
ルームサービスです、と言いながらトレーを置く場所を探した。
ゲリュオンが部屋にあるすべての家具を
壁に並べたせいだ。**いいね、**とゲリュオン。**コーヒーが飲みたい。**
これは紅茶、とヘラクレス。
おばあさんは今日もアルゼンチンだ。彼はゲリュオンにバナナを渡した。
電気技師の話を聞かされたよ。
ブエノスアイレスの電気技師組合に入るには、試験に合格しないといけないけど
試験のどの問題も

憲法《コンスティテューション》についてなんだ。どういうこと？　人間の体質《コンスティテューション》？

ちがう　アルゼンチンの憲法《コンスティテューション》

最後のだけは別。最後の憲法？　ちがう　試験の最後の問題——

何だと思う？　当たるはずないけど言ってみろよ。

やだ。

おい。やだよ　当てるのはやだ。一度くらい言ってみろよ　一度だけ。

じゃあ、クラカタウが噴火したのは何時か？

いい問題だけどハズレ。彼は止まった。**降参か？**　ゲリュオンが彼を見つめる。

だったら、聖霊とは何か？

それでおわりか？　おわり。聖霊とは何か——刺激的な問題だな！

なんて、うちのおばあさんじゃないけどさ。

ヘラクレスはベッドの脇の床に座っていた。ティーカップを空にして

ゲリュオンをじっと見る。

クラカタウが噴火したのは何時だと思う？　午前四時、ゲリュオンはベッドカバーを

顎まで引っぱって言った。

その音で三千キロ離れたオーストラリアの人たちは起きたんだ。

うそだろ　どうして知ってる？

ゲリュオンは地下室で「ブリタニカ百科事典（一九一一年版）」を見つけて

火山の項を読んだことがあった。

彼は白状するべきか？　すべきだ。**百科事典だよ。**ヘラクレスはバナナの皮をむいた。

何か考えているようだ。

昨日の夜　おまえの母さんは怒ってたな。うん、とゲリュオンは言った。ヘラクレスは

バナナを半分食べた。それから残りを食べた。

それで、どうする？　どうするって？　ヘラクレスはバナナの皮をトレイに置き

皮をていねいに

伸ばした。**帰ったほうがいいんじゃないか。**

ゲリュオンはバナナを

噛んでいてよく聞いていなかった。これは大事な話だよ、

と、なだめる小さな声が内側でした。

え？　毎朝九時ぐらいにバスが走ってるって言ったんだけど。ゲリュオンは

息をしようとするが、赤い壁が

空気をふたつに裂く。**君はどうする？　ここにいようかな**

おばあさんが家を
塗ってほしいって言ってるし、金を払ってくれるから。手伝ってくれる人を
何人か街で見つける。
ゲリュオンは集中して考えた。彼の内側にある床板を炎がなめる。
僕はペンキを塗るのが上手いよ、とゲリュオン。
だが「上手い」という言葉がふたつに割れた。ヘラクレスがじっと見ていた。**ゲリュオン**
俺たちはこれからも友達だ。
ゲリュオンの心臓と肺は真っ黒な殻だった。突然眠気に
襲われた。
ヘラクレスは猿のように
滑らかに立ち上がった。**早く着替えてくれ　今日は火山に**
連れて行くから
ポーチで待ってる　おばあさんも行きたがってる。
ゲリュオンの自伝の
このページには、白いリボンにつながれクックッと笑う赤いウサギの写真がある。
彼は「ちょっとした気分に嫉妬して」というタイトルをつけた。

二十　ＡＡ

ゲリュオンは火山に着くまで七、八回眠りに落ちた。

――

他のふたりはフェミニズムの話をし、ハデスの暮らしの話をし、不安定なアスファルトの
話をし、それは『ブリタニカ』に載ってた？　すべての言葉が
ゲリュオンの朦朧とする頭の中で混ざり合った　男はね
女を憎むことを
教わった　足マッサージ用の軽石と線路のバラストのために　確かに
彼らは噴火が起こる様子を
知ってるよ　舌のように出るささやかな礼儀正しい最初の挨拶　そうは言っても
ヨーロッパを経験していない人とどうやって話したら――ガクッとなって
目を覚ましたゲリュオンは
外に目をやった。世界は黒くて球根のように膨らんでいた。停まろうとする
車の周りで、ふるい溶岩の艶やかな筋が

あらゆる方向に起立したり落下したりしていた。火山岩の多くは玄武岩。
黒ずんだブロック状なら
構成物に含まれているシリカは微量（『ブリタニカ百科事典』より）。
構成物に含まれているシリカは微量
ゲリュオンは車を降りながらそう言った。岩が彼を黙らせた。
岩は全方位に散り
どこまでも一様だったが、ひとつあったのは
消えた親族を探すように岩から岩へと
跳びわたる、プレート内の狂った黒い光。ゲリュオンは外に足を出して地を踏んだ。
溶岩がガラスに似た音を立て
彼は跳び上がった。**気をつけて、**とヘラクレスの祖母が言った。
ヘラクレスに後部座席から連れ出され
彼の腕に体を預けて立っていた。**ここの溶岩ドームの成分は九割以上がガラス——**
流紋岩や黒曜石のことだよ。とても綺麗だね。
この通り、心臓みたいに脈打ってる。彼女は鈴のような音を立てて
黒いふくらみの上を

進んでいった。**こういう塊や欠片が押し上げられているのは**
急にガラスが冷えたときに起こる
圧力のせいらしいよ。彼女が可愛い音を立てる。**結婚生活を思い出すね。**彼女が
よろめいたのでゲリュオンが
片方の腕をつかんだ。一握りの秋のようだった。感じたのは、巨大さと僭越さ。
誰かの腕をつかんだら
いつ離すのが礼儀だろう？
ガラス質の地面でバランスをとっている少しのあいだに、眠りに落ちて目を覚まし
それでもまだ腕をつかんでいた。ヘラクレスが言う、
……クロスワードにあったんだけど、ハワイ語でブロック状の溶岩を表す言葉って？
スペルは？
発音の通り――ＡＡ「アア溶岩のこと」。ゲリュオンは意識を失い、起きると動く車の中に
三人でいて、恐ろしい岩を後にしていた。
前席ではヘラクレスとおばあさんが「もろびとこぞりて」をハモり始めた。

二十一　記憶の火傷

ヘラクレスとゲリュオンはビデオショップに行った。

満月から雲が流れ、冷たい空を急いで行く。戻ってきたふたりは
言い合いをしていた。

あの写真が心を掻き乱すんじゃない　おまえが写真をわかってないだけ。
写真は掻き乱すよ、とゲリュオンは言った。
写真は知覚とは何かってことを考える手段だ。
まあそうだね。
でもカメラがなくたってそんなのわかる。星はどうなんだ?
本当は星なんて
ひとつも存在してないって言いたいの?　存在してるのもあれば
一万年前に燃え尽きたのもある。
そんなの嘘だ。

嘘って何だよ？　わかりきってるだろ。僕は見てるよ。おまえは記憶を見てるんだよ。
前にもこの話をしたよね？
ゲリュオンはヘラクレスについて裏のポーチに行った。それぞれソファーの端に座った。
星によってはとんでもなく遠くにある。
ぜったい嘘だ。じゃあ誰かに星に触ってもらって火傷しないか見てみよう。その人が
指を立てて「記憶の火傷だ！」って言ったら
君の言うことを信じる。なら、星はいいとして、音はどうだ、森で男が薪を割るのを
見てたことあるだろ。
ううん、森で男は見ない。
俺の負けだ。とっても寒いでしょうね。え？　とっても冷たいでしょうね、ヘラクレスの
祖母がポーチスウィングから繰り返した。
森で男を見かけるのが？　記憶の火傷。ああ。彼女の言う通り。そうだよ彼女の言う通り、
彼女は肺を火傷したことがあるの、
寒かったね、言っておくけど、目の前にいるのに私を彼女って呼ぶんじゃないよ。
ごめん。
ハデスで肺を火傷したんですか？　ピレネー山脈でね　スキー選手を撮影しようと

サント・クロワに行ってね
あれは一九三六年の冬季オリンピックだったと思う　グルーシェニカが出場してた
グルーシェニカはわかる？　まあいいよ　彼はとても速かった
彼がすばらしい緋色のスキーパンツを履いてる写真を
私は『ライフ』に千ドルで売った。
一九三六年にしてはいい値段。馬鹿にしないで　今だって写真としては
いい値段だよ。ヘラクレスの父親は
(彼女はソファーの方を手で示したが、ヘラクレスは家の中に戻っていた)
「赤い忍耐」にその半分も払わなかった――
「赤い忍耐」を見てくれたんだよね　キッチンに飾ってほしくなかった
あそこは暗すぎて
白黒写真にまちがわれるから　まあ写真の見方なんて
もう誰も知らないけど。
そうですね　その溶岩を見ましたよ　あれは溶岩？　もちろん　火山のてっぺんのことだね。
いいえ　写真の下の方の
松の木の幹に　血みたいな赤い雫が写ってます。

よく見てるね　小さな赤い雫
私の署名だよ。心を掻き乱す写真ですね。そうだね。どうしてですか？
「陽気さが恐怖を一変させる」
誰の言葉ですか？　イェイツ。
イェイツはどこで火山を見たんですか？　これは政治のことだと思うよ。僕が聞いたのは
そういうことじゃないですよ。
じゃあ沈黙のこと？　どんな写真も沈黙してます。待ってよ
母親は皆女性だって
言ってるみたいだね。違うんですか？　違わないけど、それは重要じゃない。
問題は彼女たちがどうあるかだよ――かたちの
限界を考えると――お母さんは島に住んでいるの？　母の話は
したくないです。
わかった。沈黙だね。ヘラクレスがキッチンのドアから現れた。
ソファの背もたれを乗り越えて
横に伸びて体を沈めた。おばあさんから
沈黙の価値を教わったよ、とゲリュオンが言った。

だろうね、とヘラクレス。彼女の方をむいた。**もう遅い時間だよ、おばあさん、寝たら？**

眠れないんだよ、と彼女は言った。

脚が痛むの？　足首をさすろうか。ほら、二階に連れて行ってあげる。

ヘラクレスは彼女の前に立つと彼女を
雪みたいに抱え上げた。ゲリュオンは彼女の脚が左右バラバラで、片方は
上がり、もう片方は下がってうしろに伸びているのを見た。

おやすみ、子どもたち、彼女はふるい炭のような声で言った。

いい夢を見てね。

二十二　フルーツボウル

彼が網戸を開けると、母親がキッチンのテーブルにいた。

――

彼はハデスからバスに乗った。七時間の道のりだった。泣いてばかりいた。
自分の部屋へ駆け込んで
ドアを閉めようと思っていたのに、彼女がいたから座ることにした。両手は上着の中。
彼女は無言で煙草を吸ってから
頬杖をついた。視線は彼の胸元。**素敵なTシャツ**、と彼女は言った。
袖のない赤いTシャツで、白い字で
こう書いてある。TENDER《やさしい》
LOIN《腰肉》。**ヘラクレスからもらった**――ゲリュオンはその名前を
落ち着いてやり過ごすつもりだったが
苦悩の暗雲が魂に押しよせたので、自分が何を喋っていたのか
覚えていなかった。

前をむいて座っていた。彼女が息を吐く。手を見られていたので
テーブルの角をつかんでいた手を緩め
フルーツボウルをゆっくり回した。時計回り。反時計回り。時計回り。
これはなんでいつもここにあるの？　彼は手を止めて縁を握る。
いつもあるのにフルーツが
入ってたことがない。ずっと前からあるのに、フルーツが入ってたことがない。
気にならないの？　どうしてこれを
フルーツボウルだって思うんだろう？　彼女は煙を透かして彼を見つめた。
空《から》のフルーツボウルだらけの家で育つのって
どんな気持ちだと思う？　彼の声は高かった。目と目が合ってふたりは
吹き出した。涙が出るまで
笑った。そして黙って座っていた。むかい合った壁に
いつの間にか戻っていった。
たくさんのことを話した。洗濯のこと、ゲリュオンの兄がドラッグをやっていること
バスルームの明かりのこと。
彼女はタバコを出して、眺めてから戻した。ゲリュオンはテーブルに両腕を置いて

そこに頭を寝かせた。

とても眠いのだ。しまいにふたりは立ち上がり、そこからいなくなった。フルーツボウルを置いたまま。もちろん空っぽだ。

二十三　水

水。世界で待ち伏せていた塊ふたつのあいだから、その言葉が跳ねた。

――

顔に雨が当たっていた。彼は自分が破れた心だということを一瞬忘れ
そしてまた思い出す。戸惑いが
降りていく先にあるのは、自らの腐った林檎に囚われたゲリュオン。朝が来るたび
衝撃が傷ついた魂に走った。
彼はベッドの端に体を引っ張って、雨降りのぼやけた広さをじっと見つめた。
バケツを何杯もひっくり返したように空から雨が
屋根へ、庇《ひさし》へ、窓のところへ。彼はそれが足に当たって床に溜まるのを眺めていた。
聞こえたのは排水管に流れる
人の声の断片――**俺は人に優しくありたい**――
勢いよく窓を閉めた。
下のリビングではすべてが止まっていた。カーテンは閉められ、椅子は眠りについていた。

沈黙の大きな塊がその空間に詰まっていた。
見回して犬を探したけれど、何年も飼っていないことに気がついた。キッチンの
時計は五時四十五分を示していた。
立ったままそれを見て、大きな針が次の分を指すまで
瞬きをしないことにした。数年《とき》が過ぎていくうちに
目から水が流れて千の思考が立ち上がった——**今すぐ世界が終われば**
僕は自由になれる　そして
今すぐ世界が終われば誰にも自伝を見られない——思考が動き始めた。
彼にはヘラクレスの眠る家が一瞬見えたが
どこかに押しやった。コーヒーの缶を取り出し、蛇口をひねって、声を上げて泣いた。
外では自然界が
力を発揮できる時を楽しんでいた。風が海のように大地を流れ
建物の一角を吹きつけて
ゴミ箱は魂を追うように路地を駆けた。
雨が描く特大の肋《あばら》が
閃光とともに広がっては、またひとつになり、キッチンの時計が

狂ったようにガタガタ揺れた。どこかでドアがバタンと閉じた。
葉っぱが窓の外を飛んでいく。蝿のように弱いゲリュオンは、シンクにうずくまって
拳を口に当て
翼を水切り板に這わせた。雨がキッチンの窓を打ち続けると
ゲリュオンの意識に付き纏う
ヘラクレスの別の言葉が現れた。**写真はプレートに当たった**
光の束だよ。ゲリュオンは翼で顔を拭いて
カメラを探しにリビングに入っていった。
裏のポーチに出ると
夜のように暗い朝の中で、雨が屋根から流れ落ちていた。
カメラをスウェットシャツの中に
くるんだ。写真のタイトルは「彼は眠ればうまくいく」。
そこにはバケツの水に浮かぶ蝿が写っている――
溺れているが、羽のあたりに光の奇妙な揺らぎがある。ゲリュオンは
十五分露光で撮影した。
シャッターを切ったとき、蝿はまだ生きているようだった。

二十四　自由

ゲリュオンの生は、舌と味覚が出会わない無味の時期に入った。

——

彼は地元の図書館で政府の書類を整理する仕事に就いた。それが
よかったのは
蛍光管がブーンとうなる、石の海のように寒い地下での仕事だったから。書類は
ものさびしいが厳格で
忘れられた戦争の帰還兵くらい高さも静けさもさまざまだった。
書類名を記したピンク色の伝票を持った司書が
鉄の階段を下りてくるたびに、ゲリュオンは
書架へと消えていった。
棚の隅にある小さなボタンは、その上にある蛍光灯のレールを作動させた。
ボタンの下にテープで貼られた
5×7インチの黄ばんだカードには、「**つけっぱなしに注意**」と書いてある。

ゲリュオンは明かりをつけては消し
水銀のように棚のあいだをゆらゆら動いた。
司書たちは彼のことを
影のある有能な少年だと思った。ある日の夕食でゲリュオンは、母親に
司書たちの人となりを聞かれたが
男性だったか女性だったか思い出せなかった。写真を何枚も丁寧に撮ってはいても
それぞれの靴と靴下しか写っていなかった。
男の靴ばかりに見えるけど
と母親は、キッチンのテーブルに彼が広げた写真に覆いかぶさるようにして言った。
これだけ違う――誰？　彼女が指をさす。
それは、金属のキャビネットの開いた引き出しに片方の素足を乗せた様子を
床から撮った写真だった。
床には汚れた赤いコンバースのスニーカーが側面を下にして置いてある。
司書長補佐の妹さん。
彼は写真を一枚前に出した。アクリル素材の白い靴下と黒っぽいローファーが
足首で交差している写真。司書長補佐だ。

妹さんは時々五時になるとやってきて、司書長補佐に送ってもらってるんだ。ゲリュオンの
母は顔を近づけて見た。**どんな仕事をしてるの？**
ダンキンドーナツだと思う。いい子？　ううん。そうかも。わからない。
ゲリュオンはにらんだ。母親が手を伸ばして
彼の頭を触ろうとしたが、彼はかわして
写真をまとめ始めた。電話が鳴った。
出てくれる？　と彼女はシンクに体をむけた。ゲリュオンはリビングに行き
電話が三回、四回と鳴っていても
見下ろしていた。**もしもし？　ゲリュオン？　俺だけど。声が変だぞ**
寝てたのか？
ヘラクレスの声は黄金のバネで弾み、ゲリュオンを抜けて行った。
あっ。いや。寝てない。
元気か？　最近何かあった？　えーと——ゲリュオンは絨毯に勢いよく座った。
炎が肺を塞ぐ——
特にないけど。そっちは？　まあ変わらずだ　いろいろある　昨日の夜
ハートといい感じの落書きをしたよ。ハート？

おまえはこっちにいたとき会ってないか　本土から土曜に来た
金曜だったかな
いや土曜だ　ハートはボクサーなんだ　俺を鍛えてセコンドにするかもって言ってる。
すごい。
いいセコンドは大事らしい。
そうなんだ。
モハメド・アリにはコップスっていうセコンドがいて
インターバルのあいだに
ふたりでロープに座って詩を書いたそうだ。詩。でもそれが言いたくて
電話をかけたんじゃない
夢のことを話したかったんだ　昨日の夜おまえの夢を見た。なるほど。そう
おまえは老いたインド人で裏のポーチに立ってた
ポーチの階段に水の入ったバケツがあって　中で鳥が溺れてた――
大きな黄色い鳥　ものすごくデカくて
翼を広げて浮かんでいて、おまえは上から覗いて「ほら
飛んでいけ」って言ったんだ――おまえが

片方の翼を持って放り投げたら　息を吹き返して
はばたいていった。
黄色？　と言ったゲリュオンの頭の中は、黄色！　黄色！　夢の中でも
僕のことをまったくわかってない。黄色！
どう思う？
別に。
自由の夢だ。
そうだね。
自由こそおまえに必要なものだ　俺たちはほんとうの友達だ　だから
おまえには自由でいて欲しいんだ。
自由じゃなくていい　一緒にいたい。打ちのめされて警戒しているゲリュオンは
その言葉を抑えるために、内側にあるすべての力を組織した。
もう電話を切った方がよさそうだ　電話代が増えたら
おばあさんが怒るからな　だけど声が聞けて
ほんとうによかった……………………………………………
ゲリュオン？　電話使っていい？　マリアに電話しなくちゃ。母親が

戸口に立っていた。
うん、いいよ、ゲリュオンは受話器を持ち替えた。**ごめん。大丈夫？**　うん。彼は
よろけながら立った。
出かけてくる。
どこに？　と母親が言った。彼は頭を上げながら戸口の彼女の横を通った。
海。
上着はいらないの？――網戸がバタンと閉まった。
真夜中をだいぶ過ぎたころに
ゲリュオンは戻った。家は暗かった。階段を上がって自分の部屋に行く。
服を脱いで鏡の前に立ち
うつろな自分を見つめる。自由！　肉付きのいい膝
可笑《おか》しな赤い匂い、悲しみのたたずまい。
ベッドに沈み、横になって体を伸ばした。しばらく涙が耳に流れ
そしてもう出なくなった。
彼は底まで行ったのだ。傷は負っているが澄んだ気持ちで、明かりを消した。
たちどころに眠りに落ちた。

午前三時、この赤い愚者は怒りに震えて目を覚まし、何度も呼吸を整え
頭を起こすたびに、非情な黒い浜辺に
草を打ちつける波のように、怒りがなだれ込んできた。バッと体を起こした。
シーツはすっかり濡れていた。
明かりをつけた。引き出しの上にある電気時計の長い針をじっと見る。
微かに聞こえる時計の
乾いた音が、櫛のように神経を走る。無理やり目を離す。寝室の戸口は
鍵穴のように黒く、口を開いて彼を見ていた。
彼の意識は壊れたスライド映写機のように、止まっては進み、止まっては進んだ。
目にしたのは、玄関、家、世界、そして
世界の反対側のどこかでヘラクレスが笑い、酒を飲み、車に乗り込む姿。
ゲリュオンの全身が
嘆きの弧の形になる——あのやり方で、まちがった愛に人間がとる
あのやり方で、空を仰いだ。

二十五　トンネル

ゲリュオンが荷物を詰めていると電話が鳴った。

――――

誰かはわかっていた。二十二歳であるうえに
本土に住んではいるが、土曜の朝はよく
彼女と話した。スーツケースを乗り越えて受話器に手を伸ばし
『フォーダーズ南米旅行ガイド』とカラーフィルムDX100を六箱、シンクに落とした。
狭い部屋。
もしもし　ママ　そう　出るところ
……
ちがう　窓際の席
……
十七時間だけどブエノスアイレスとの時差は三時間だよ
……

ううん、電話はしたよ――

……

今日領事館に電話したら、アルゼンチンなら予防接種はいらないって

……

ママ、考えてよ、『空中レヴュー時代』は一九三三年の映画で、舞台はブラジルだよ

……

フロリダにみんなで行ってパパがむくんだよね

……

わかった

……

まあガウチョ［南米南部の草原地帯で牧畜に従事した人々］の言うことだから

……

無意味なことに馬で果敢に挑むような

……

ちょっとちがう　トンネルみたいな感じ

……

ホテルに着いたらすぐ電話する　ママ？　もう行くよ、タクシーが来てる、ねえ
タバコを吸い過ぎたらダメだよ
……
僕も
……
じゃあね

二十六　飛行機

上空はいつも冬。

―――

凍った白雲の平地を飛行機は進むが、ゲリュオンは自分の生を
冴えない季節と同じように置いてきた。
彼は狂犬病の犬を見たことがあった。機械仕掛けのおもちゃみたいに跳ね回ると
糸で操られていたかのように
変な動きをして仰むけに倒れた。飼い主が犬に近寄り銃口を犬のこめかみに当てると
ゲリュオンは立ち去った。
前に屈んで縦長の小窓から外を覗き、氷のような曇の明かりで
目に穴が開いたとき
犬が逝くのを見届ければよかったと思った。
ゲリュオンは空腹だった。
『フォーダーズ』の「アルゼンチンについて知っておくべきこと」を読み始めた。

「その最強の銛《もり》は
ティエラ・デル・フエゴ［南米南端にある諸島。「火の島」を意味する］の浜に座礁した鯨の頭蓋骨でできています。
頭蓋骨の内側に溝があり
それに沿って二本の骨があります。顎の骨でできた銛はあまり強くありません。」
焼けたアザラシの香ばしい匂いが
機内に漂っていた。彼は顔を上げた。何列か前の座席で
乗務員がカートから
夕食を出して配っていた。ゲリュオンはとても空腹だった。我慢して
冷たい小窓の外を眺め、百まで数え、また顔を上げた。カートは動いていない。
銛のことを考えた。銛を持った男も
腹が減る？　顎の骨で作った銛でもここからならカートに当たるだろう。
人は他人を支配する力をどうやって手に入れるのか。
謎だ。彼は『フォーダーズ』に目を戻した。「ティエラ・デル・フエゴの
先住民のひとつが
ヤマナ族です。「ヤマナ」は名詞としては「動物ではない人々」、動詞としては
「生きる・呼吸する・幸福になる・病気から

回復する・正気になる」という意味を表します。「手」を表す語に接尾語として付くと「友情」を意味する語になります。」
ゲリュオンの夕食が来た。包みを開け、すべてをガツガツ食べながら数分前に嗅いだ匂いを
探したけれどそこにはなかった。ヤマナ族もまた二十世紀初頭までに絶滅したと書いてあった――
イギリス人宣教師の子どもから感染った麻疹のせいで、全員死んだ。
夜闇が外の世界を流れると
機内は少しずつ冷え、少しずつ狭くなった。天井に並んだ蛍光灯がひとりでに消えた。
ゲリュオンは目を閉じて、月が照らす想像の運河の奥地を行くエンジン音に耳を澄ませる。動くたびに
罰のように膝頭を強くぶつけた。
彼はまた目を開いた。
機内の前方に画面が吊るされていた。南米がアボカドのように輝いていていた。

赤い線が飛行機の進路を示していた。マイアミからプエルトリコにむけて
時速九七二キロの赤い線が
ゆっくり進んでいくのを彼は見ていた。前の座席の乗客が
眠る妻の頭でビデオカメラを支え
画面を撮影していた。画面には
速度だけでなく外気温（マイナス五十度）と高度（一〇六七〇メートル）も
表示されていた。
「ヤマナ族は、ビーグル号で通りかかったダーウィンに、不潔で貧しいという理由から
研究に値しない猿人だと判断されましたが
雲を表現する十五の名前や、親類縁者を表す五十以上の名前を
持っていました。『嚙む』という
動詞の種類には『柔らかい食べ物の中の硬いものに驚く
（例：ムール貝の中の真珠）』という意味の
言葉もありました。」ゲリュオンは背骨のこりをほぐそうとして
成形シートの中で
体を上下させた。体を横に捻ったものの、左腕の置き場がなかった。

もう一度体を前に倒すと
読書灯を壊し、勢いよく本を床に落としてしまった。
隣の女性がうめいて
傷ついたアザラシのようにうなだれた。彼は何も感じない暗闇の中に座っていた。
また腹が減った。
ビデオの画面は一時五十分という現地時間（バミューダ諸島）を表示している。
時間は何からできている？
時間が纏《まと》わりついているのを感じた。バミューダ諸島からブエノスアイレスまでずっと
時間の大きくて重いブロックが
隙間なく——あまりにもきつく——詰め込まれているのがわかった。肺が縮む。
時間への恐怖に襲われた。時間は
アコーディオンのひだのようにゲリュオンを締め付けていた。彼は頭を下げて
窓の中の小さな冷たい黒い光を覗き見た。
外では、翳られた月が雪の台地を高速で駆けていた。彼が見つめていたのは
このぶら下がった人類の一端のむこうで
不可解に動き、そして動かない、黒と銀の広大な非世界だ。

彼はその冷淡さが頭の箱で
轟いているのがわかった。ある考えが箱の端をかすめ、翼の陰にある導管に
すばやく戻り
そして消えた。人間は時間を抜ける。それはつまり、銛のように
投げられたら行き着くということだ。
ゲリュオンは冷たくて硬くてうち震えている二重ガラスに額を当てて眠りについた。
足下の床には
開いたままの『フォーダーズ』。**自分の運命を支配しているというおおげさな考えを**
ガウチョが抱いたのは
平原の彼方へ馬で駆けるという素朴な行動からでした。

二十七　ミットヴェルト

誰もが世界を持っている。

――

赤い怪物はカフェ・ミットヴェルトのコーナーテーブルに座り
買っておいた絵葉書にハイデガーの一節を書き込んだ。

Sie sind das was betreiben《それらは役割を果たすもの》
ブエノスアイレスにはドイツ人が
大勢います　どの人も
サッカー選手です　天気は
最高です　あなたにいてほしい
ゲリュオン

本土のラジオ局でスポーツキャスターをしている兄に宛てて書いた。

奥のバーカウンターの隅
ウイスキーボトルの辺りで、ウェイターが口を覆って同僚に話しているのが見えた。
自分はすぐに
追い出される、とゲリュオンは思った。体の角度や手の動きで
スペイン語ではなくドイツ語を綴っていたのが
わかったのだろうか？　法に触れたようだ。ゲリュオンは
それまでの三年間
大学でドイツ哲学を学んだ。店員もきっとわかっているのだ。彼は大きな
オーバーコートの中で
背中の上の方の筋肉を動かし翼を締めてから、もう一枚絵葉書を裏返した。

Zum verlorenen Hören《失われた聴覚へ》
ブエノスアイレスにはドイツ人が
大勢います　どの人も
精神分析家です　天気は
最高です　あなたにいてほしい

哲学の教授宛に書いた。しかしウェイターのひとりが
むかってくるのがわかった。恐怖の冷たいしぶきが
肺全体に飛び散る。自分の中にあるスペイン語のフレーズを探した。
警察を呼ばないでください——
どう言えばいいんだろう。ひとつの単語も思い出せなかった。
ドイツ語の単語が
頭の中を行進したのは、ウエイターが前腕に真っ白なクロスを
かけて現れて
ゲリュオンの方に少し屈んだときだった。Aufwarts《上の方》 adwarts《下の方》
ruckwarts《後ろの方》 vorwarts《前の方》 auswarts《外の方》 einwarts《内の方》
が狂ったように泳いだり絡みあったりするあいだ、ゲリュオンはウェイターが
葉書の残骸だらけのテーブルから
手際よくコーヒーカップを下げて、**エクスプレッソのお代わりはいかがですか？**
と完璧な英語でたずねながら

クロスを直す様子を見ていた。彼はよろけながら立ち上がって
片手で葉書をつかみ
コインをテーブルクロスの上に落としてすごい勢いで店を出た。
ゲリュオンが落胆したのは
翼のある赤い者として幼いころから当たり前になっていた
笑われることへの恐れではなく
自分の頭のこのような荒廃だった。彼は取り乱していたかもしれない。七年生のとき
自主研究でその悩みに取り組んだ。
色がざわめくのを不思議に思うようになったのはその年だ。庭じゅうの薔薇が
彼にわめいていた。
夜、ベッドに寝ながら星の銀色の光が窓の網戸に
ぶつかる音を耳にした。自主研究で
インタビューした人の大半は、真昼の太陽に生きたまま焼かれる薔薇の
叫び声が
聞こえないことを認めた。**馬の声に似てますよ、**とゲリュオンは
ヒントを出した。**戦時の馬のようです。**聞こえません、と皆は首を振った。

なぜ草は刃《ブレード》っていうんですか？　と彼は聞いた。**カチンて音がするからでは？**
彼は皆に見つめられるばかりだった。**人間ではなく**
薔薇にインタビューしなさい、と科学の教師が言った。そうしたいとゲリュオンは思った。
自主研究の最後のページにある写真には
キッチンの窓辺で咲く母親の薔薇の木が写っていた。
そのうち四つが燃えている。
まっすぐ茎の上に立って、預言者のように暗闇を見据え
とろけた喉のその奥から
驚くほど親密な声を張り上げる。**あなたのお母さんは**——
Signor!《お兄さん》　背中に
固いものが当たった。
ゲリュオンはブエノスアイレスの歩道の真ん中で
動けなくなり
大きなオーバーコートに四方八方から人が押し寄せた。人だ、とゲリュオンは思った、
生という
すばらしい冒険を送る人々だ。彼は群衆の喜怒哀楽の中へと消えていった。

二十八　懐疑論

ひと塗りの青い雲が、港の赤い空に溶けていた。

―――

ブエノスアイレスは霞とともに夜明けになった。ゲリュオンは汗ばんだ黒い石畳を
一時間ほど歩いて
夜の終わりを待っていた。車が勢いよく通り過ぎる。ふるいバスが五台
街の角から
煙を吐きながら斜めになって現れては停まり
ゲリュオンは手で口と鼻を覆った。乗客が明かりのついた箱に
虫のように入っていくと、その実験は轟音とともに走り去った。
ゲリュオンは湿ったマットレスのような体を引きずり
坂道をとぼとぼ上ってく。カフェ・ミットヴェルトは混んでいた。
コーナーテーブルを見つけて
母親宛の葉書にこう書いた。

Die Angst offenbart das Nichts《恐怖は無をあらわにする》
ブエノスアイレスにはドイツ人が
大勢います　彼女たちはみな
タバコを吸います　天気は
最高で——

むかいの椅子に乗せていたブーツをトンと叩かれた。
ご一緒していいですか？
黄髭の男はもう椅子をつかんでいた。ゲリュオンはブーツをどけた。
ずいぶん混んでますね。
黄髭はウェイターの方をむいて合図した——**Porfavor hombre!**《ちょっといいかな》
ゲリュオンは葉書に戻った。
ガールフレンドに送るんですか？　黄色い髭の真ん中に
乳首のように小さなピンクの口があった。**違います。**
アメリカ人みたいな話し方ですね。アメリカから来たんですか？

いいえ。

ウェイターが現れパンとジャムが運ばれてくると、黄髭は背中を丸めた。

学会に来たんですか？　いいえ。

週末に大学で大きな学会があります。哲学の学会です。懐疑論。

古代ですか？　それとも現代？　ゲリュオンは

聞かずにはいられなかった。**ええと、**黄髭は顔を上げた。

古代が専門の方もいますし

現代が専門の方もいます。私はアーバインから飛行機で来ました。私の講演は三時です。

テーマは？　とゲリュオンは

乳首を見つめないように言った。**心の平静。**乳首がしぼんだ。

古代では「アタラクシア」と呼ばれました。

乱れないこと、とゲリュオンは言った。**その通り。古代ギリシア語がわかるんですね。**

いいえ、でも懐疑派の本は読みました。それで

アーバインの先生なんですね。カリフォルニア？　そうです　南カリフォルニア——

助成金をもらえることになったので、来年はＭＩＴで研究します。

ゲリュオンは小さな赤い舌が、乳首についたジャムをきれいにするのを見ていた。

疑いのエロティシズムを研究したいんですよ。どうしてですか？　ゲリュオンは聞いた。

黄髭は椅子をうしろに押し——**真理を正しく探求するための**——店のウェイターたちに
挨拶した——

必要条件です。ただし——彼は立っていた——**むしろ人間の本質的な特性を**
捨てなくてはいけません——

彼は海上の船に警告するように両手を上げた——**知りたいという欲望をです。**彼は座った。

僕はできると思います、とゲリュオンが言った。

何て言いました？　**いえ別に。**現れたウェイターがテーブルにある
小さな伝票差しに伝票を乱暴に入れた。

外では車が騒がしく行き交っていた。夜明けは消えた。霧で白んだ冬の空が現れた。

まるでブエノスアイレスの口に押し込む猿ぐつわのよう。

講演を聴きに来ませんか？　**タクシーで一緒に行きましょう。**

カメラを持って行ってもいいですか？

二十九　坂

ゲリュオンは怪物だが一緒にいると魅力的だった。

——

ふたりで小さなタクシーに乗ってブエノスアイレスを疾走したとき、黄髭は試してみた。
ふたりとも
後部座席に押し込まれて膝が胸に当たる格好になっていた。
ゲリュオンは黄髭の腿が自分のに触れることも
その乳首から出る息のことも気になり、不快だった。
黄髭はまっすぐ前を見ている。
赤信号を無視してタクシーを進めながら、運転手は窓から顔を出して
大勢の歩行者に怒声を浴びせた。
楽しそうにダッシュボードを叩き、あたらしいタバコに火をつけ急にハンドルを左に切って
自転車にあたり
(歩道に吹っ飛んで脇道に転がった)

三台のバスの前に割り込み
別のタクシーのうしろで車体を震わせ停止した。ビーーーーーーー。
アルゼンチンのクラクションは牛のようだ。
それ以上に窓の外が冒涜的だった。黄髭がくすくす笑った。
スペイン語はできますか？　ゲリュオンにたずねる。
うまくはないです　話せますか？
実はそれなりに。一年間スペインで研究をしていましたから。
心の平静について？
いいえ、法典です。古代の法典の社会学を研究していました。
正義に関心があるんですか？
人間が法律みたいなものを定めることに興味があります。
好きな法典は？
ハンムラビ法典。どうしてですか？　きちんとしてる。たとえば？　たとえば
「火事のさなかに盗みを働いた者は
捕らえられ、火に投げ込まれる。」いいでしょ？
正義のようなものがあるとしたら、こういうものであるべきです――短さ。

清らかさ。いいリズム。まるで下男です。
何て言いました？　いえ別に。彼らはブエノスアイレス大学に到着した。
黄髭とタクシーの運転手は
少しのあいだなじり合ったが支払いが済むと
タクシーは去っていった。
壁に落書きのある白いコンクリートの倉庫の階段を上りながら
ここは？　とゲリュオンが聞いた。
内側は通りの冬の空気よりも冷えていた。息が見える。
タバコ工場の跡です、と黄髭が言った。
どうしてこんなに寒いんですか？
暖房に充てる余裕がないんです。大学は金がないから。洞窟のような内部に
横断幕がかかっていた。
ゲリュオンは黄髭の写真を撮った。黄髭の頭上の横断幕にはこう書いてある。

NIGHT ES SELBST ES　　夜は　イウナレバ
TALLER AUGOGESTIVO　　自己修理工場

JUEVES 18-21 HS　木曜日　18時～21時

彼らは教職員用ラウンジと呼ばれる
何もないロフトにむかった。椅子がなかった。茶色の細長い紙が壁に留められていて
そこには鉛筆とペンで書いた名前が並んでいた。
「拘留中・失踪中の教授を教えてください」、と黄髭が読み上げた。
Muy impressivo《とてもすばらしい》、と黄髭は
近くでぼうっと見ている若い男に言った。ゲリュオンはどの名前にも
目を留めないようにしていた。
生きているとしたら？　屋内にいるか、苦しんでいるか、死を望んでいるか。
ゲリュオンは四年生のとき
チャーチル川上流の急流で捕獲されたばかりのシロイルカを
クラスで見に行ったことがある。
その夜、ベッドに横になって目を開けたまま想像したのは
シロイルカたちが浮かぶ姿
月の見えない水槽の中で尾鰭が壁に触れるところ——あちら側の恐ろしい時間の坂で

彼と同じように生きている。
時間は何からできていますか？　ゲリュオンが急に振りむいたので、黄髭は
驚いた顔をした。**何からでもありません。ただの抽象概念です。**
私たちが運動に負わせた
意味に過ぎません。でも――彼は腕時計に目を落とした――**言いたいことはわかります。**
自分の講演に
遅れるわけにはいきません。行きましょう。
冬の日没は早く、光の端が鈍い。ゲリュオンは
黄髭に遅れないようについていき
薄暗い廊下を抜け、談笑しながら煙草の火を足で消して見向きもしない学生たちの
横を通って
雑然と小さな机が並び、壁のレンガがむき出しになっている教室に着いた。
空いた机がうしろにひとつある。
彼の大きなオーバーコートでは窮屈だった。膝が組めない。他の机には
憂鬱そうに丸まった背中があった。
タバコの煙の雲がその上に浮かび、吸殻がコンクリートの床に積もっている。

ゲリュオンは列のない部屋が嫌いだった。
彼の意識は無秩序な机を動き回り、その中に直線を見出そうとした。
数があぶれるたびに止まり
そしてまた動き出した。ゲリュオンは注意深くあろうとした。
Un poco misterioso《ちょっと不思議です》、黄髭が言った。
天井で十七本の蛍光灯が光っている。**恐ろしい宇宙空間が**
私を取り込もうとしている……
黄髭はパスカルを引用し、パスカルの恐怖が見えなくなるまでその周りに
言葉を積み上げた――
ゲリュオンはいったん聞くのをやめ、時間の坂がうしろに回転して止まるのを見た。
彼は母親の隣に立っていた。
冬の午後の窓辺。雪が青みがかり街路灯が灯る時間だ。
本に書かれたひとつの単語のように静かに
野兎が森の外れで立ち止まっているかもしれない。そんな時間に母親と一緒にいた。
ふたりは明かりをつけず
何も言わずに立ったまま、夜がふたりにむかって打ち寄せるのを

見ていた。そして夜が来て、触れて、通り過ぎ、行ってしまう。彼女の灰が
闇の中で光っていた。
いっぽう黄髭はパスカルからライプニッツへと移り
チョークで黒板に論理式を書き込んでいた。
　　[NEC] = A]B
これを「ファビアンが白人なら、トマスも同じく白人」という文を使って説明した。
ファビアンとトマスの白さの比較が
なぜライプニッツに関係があるのかゲリュオンにはよくわからなかったが
自分に言い聞かせて
その平坦な声をよく聴いてみることにした。すると、necesariamente《必然的に》が四回、五回と
繰り返され、例が覆され
ファビアンとトマスが互いの黒人性に異議を唱えていることに気がついた。
ファビアンが黒人なら、トマスも同じく黒人。
これが懐疑論か、とゲリュオンは思った。白は黒。黒は白。そのうち赤についての
あらたな情報があるかもしれない。
しかし、黄髭は例が尽きると徐々に大きな声で la consecuencia《したがって》と言いながら

強い言葉で縁取られた深刻ぶった王国を行ったり来たりして
人間の本来的な偉大さを主張した——
いや、否定した？　ゲリュオンは否定の副詞を聞き逃したかもしれない——最後は
懐疑的な哲学者を
野菜や怪物に例えたアリストテレス。あまりに空虚であまりに奇妙。
信念に対する信念から外れて生きようと試みた生とは
そういうものなのだろう。アリストテレスはそう述べる。
講演が終わると
Muchas gracias《どうもありがとう》という声が聴衆から漏れた。そして誰かが質問すると
黄髭はまた話し始めた。
誰もがタバコに火をつけて机にしがみついた。
ゲリュオンは煙が渦を巻くのを眺めていた。
外では陽が沈んでいた。小さな格子窓が黒い。ゲリュオンは自分の中に籠り
座っていた。この一日に終わりは来るのか。
彼は正面の時計に視線を飛ばしてから、お気に入りの問いの溜まりに
落ちたのだった。

三十　距離

「時間は何からできているか」はゲリュオンがずっと試されてきた問いだ。

——

彼は行く先々で人にたずねた。たとえば昨日の大学。
抽象概念です——私たちが運動に負わせた
意味に過ぎません。ホテルのバスタブの横で膝をつき
現像液に浸った写真を揺らしながら
その回答のことを考えていた。写真を一枚とって
テレビとドアとをつなぐように張った物干しロープに留める。そこには
教室の机にいる数名が
写っている。机が小さすぎるようだ——しかしゲリュオンは
人間の快適さに興味がない。
写真に迷い込んで止まる時間のほうが、はるかに真実を感じる。壁の高みに
白い電気時計がかかっている。あと五分で六時。

その日、六時五分に哲学者たちは教室を一旦出て
通りにあるゲラ・シヴィルというバーへむかった。黄髭は大草原《パンパ》を移動する
地獄の軍団を率いるガウチョのように
誇らしげに先頭を進んだ。このガウチョは周囲を支配する
とゲリュオンは思いながら
カメラを握りしめてうしろの方にいた。
ゲラ・シヴィルは白い漆喰の空間で、修道院風の長いテーブルが真ん中にあった。
ゲリュオンが着いたとき他の哲学者たちは
話に夢中になっていた。丸眼鏡をかけた男のむかいの椅子に
入り込んだ。
レーザーは何を飲む?　その男の左にいる者が言った。
そうだなあ　ここのカプチーノはうまいよ
カプチーノください　シナモンをたっぷりかけて　それと——彼は丸眼鏡を持ち上げた——
オリーブを一皿。
彼はテーブルを見回した。**あなたの名前はラザロですか?**　ゲリュオンが言った。
いいえレーザーです。レーザービームの——それより

何か注文しますか？　ゲリュオンがウェイターをチラッと見る。コーヒーをください。
レーザーの方にむき直った。珍しい名前ですね。
そうでもありませんよ。祖父にちなんだ名前です。レーザーは
ユダヤ人に多いんです。私の両親は
無神論者だったから——彼は両手を広げた——少し変えたんですよ。彼は微笑んだ。
じゃああなたも無神論者ですね？　とゲリュオン。
私は懐疑論者です。神を疑うんですか？　なんていうか、神には
私を疑う賢明さがあるって信じてるんです。
死というのはつまるところ、神が私たちに放つ疑いの閃光ですよね。一瞬神が
承認を取り消すと、パッと人間は消える。
私もよく経験します。消えるんですか？　はい、でも戻ってきます。
死の瞬間と呼んでいます。オリーブをどうぞ、と彼が付け加えたのは
皿を持ったウェイターの腕が、ふたりのあいだにパッと現れたときだった。
ありがとうございます、ゲリュオンは
オリーブをかじった。唐辛子が突然の夕焼けのように口に生気を与えた。
かなり空腹だったのでさらに七つを

パクッと食べた。レーザーが笑みを浮かべて見ていた。うちの娘みたいだ。ある種の明快さがあると言うか。
お子さんは何歳ですか？　ゲリュオンはたずねた。四歳——まだ人間じゃない。いや人間より少しは上かな。
死の瞬間に気づいたのは彼女のおかげです。子どもは距離を見せてくれる。
「距離」というのは？
レーザーは黙り、皿の上のオリーブを摘んだ。爪楊枝をゆっくり回した。
たとえば今朝のことですが
自宅のデスクからバルコニーのそばの背が高くしっかり育ったアカシアの木を
眺めていたとき
娘が隣にいました　娘は日記を書く私の横で
絵を描くのが好きなんです。今朝は
天気がとてもよくて思いがけず夏のように空気が澄んでいて、見上げると
スクリーンに映っているみたいな鳥の影が
きらきらとアカシアの葉を横切っていたので、自分が丘に
立っていると思えました。

私はその丘に苦労して登ったんですよ
やっとです　頂上に着くまでおよそ人生の半分を費やしました。反対側は
下に傾斜しています。
私の背後、私が振りむけば見える場所で、朝の光を浴びた金色の小動物のように
娘が両手を使って
登り始めるのが見えました。それが私たちです。丘を登る生き物。
距離をとりながら、とゲリュオンが言った。
そして距離は常に変わる。私たちは助け合えませんし、大声で声をかけることも——
何て言えばいいんですか？
「**そんなに速く登るな**」**？**　ウェイターがレーザーのうしろを通った。体を傾けていた。
外の黒い空気が身を翻し
窓を強く打った。レーザーが腕時計に目を落とす。**もう行かないと、**と言って
立ちながら首に黄色いスカーフを
巻いていた。行かないでほしい、と思ったゲリュオンは
皿から落ちるオリーブのように
自分が部屋から滑り落ちている気がした。皿の角度が三十度になったら

自分の虚無へ消えていくだろう。
しかし彼の目とレーザーの目が合った。楽しかったです、とレーザーが言った。
はい、とゲリュオン。ありがとうございました。
ふたりは互いの手に触れた。レーザーは軽く会釈し、うしろをむいて出ていった。
夜風がドアから吹き込んできて
中にいた全員が畑に生えた茎のようにふっと揺れて、それから話を続けた。
ゲリュオンはオーバーコートに身を沈め
話の流れに身をゆだねて風呂にいるように温まった。このとき彼が抱いたのは
具体的で分割され得ない感覚だ。哲学者たちはタバコや
スペインの銀行やライプニッツについての、それから政治についてのジョークを言った。
ある者が語ったのは
プエルトリコ知事のことで、精神障害というだけで市民が民主的な手続きに
関われないのは不当だと宣言した
つい先日の話だった。投票に使う機材が
州の精神病院に運ばれた。むしろ精神障害者は
真面目で創造的な有権者だということがわかった。国を助ける

信頼できる候補者名を書き込み、多くの者が
投票用紙を有効に使った。アイゼンハワー、モーツァルト、十字架のヨハネに
票が集まった。今度は
黄髭がスペインの話をした。フランコも狂気は利用できることを
わかっていた。大勢の支持者を集会にバスで連れていくことにしていた。
あるとき地元の精神病院が
そのせいで空っぽになった。翌日の新聞は明るくこう報じた。
〈低能に支持されるフランコ!〉
ゲリュオンの頬骨が笑いで痛んだ。グラスの水を飲み干し
氷のかけらを噛むと
レーザーのグラスに手を伸ばした。あまりに空腹だったのだ。食べ物のことを
考えないようにした。おそらく十時まで夕食にはありつけない。
また話を聴くことにしたのは尻尾の話になったからだった。
あまり知られていませんけど、
と黄髭が話している、**世界の赤ん坊の十二パーセントは生まれたときに**
尻尾が生えてるんです。医師が公にしないんですよ。

尻尾は切り落として、親を怖がらせないようにします。じゃあ翼を持って生まれるのは
何割でしょうね、とゲリュオンが
オーバーコートの襟を立てて言った。哲学者たちは退屈の本質について話し始め
修道士とスープについての
長ったらしいジョークで終えたが、ゲリュオンは二度説明されても理解できなかった。
腐った牛乳を意味するスペイン語のフレーズがオチで、哲学者たちは
どうしようもなく嬉しそうにテーブルに頭を垂れた。
ジョークは人を幸せにする、とゲリュオンは見ていて思った。そして
皿にのったサンドイッチという奇跡が起きた。
ゲリュオンは三つ取り、トマトとバターと塩がたっぷり入った
おいしいホワイトブレッドの塊に口を埋めた。
そのおいしさのこと、ぬるっとした食べ物が好きなこと、
ぬるっとした感じにはいろいろな種類があることを考えた。
僕はサンドイッチの哲学者だ、とゲリュオンは確信した。良さは内側にある。
この話を誰かとしたかった。
そして一瞬、生の最もこわれやすい葉に含まれて、幸福が広がるのを感じた。

ホテルの部屋に戻った彼は
窓辺にカメラを置いてタイマーをセットし
ベッドでポーズをとった。
それは白黒写真で、胎児のように丸まった裸の青年が写っている。
彼は「尻尾なし」というタイトルをつけた。
翼の幻想的な細密模様が、黒いレースの南米地図のように、ベッドに広がっている。

三十一　タンゴ

縫い目の下に痛みが走る。

――

午前三時にパニックが跳ねてゲリュオンに落ちた。彼はホテルの部屋の窓辺に立った。
誰もいない眼下の通りは何も応えない。
車が縁石に並んで影をつくる。建物は通りから反り返っている。
騒がしい風が通り過ぎる。
月は消えた。空は閉じた。夜は深く下がった。彼は考えた、あのひとすじの
眠れる舗装路の下で
途方もなく大きくて硬い地球が回っている――ピストンが音を立て、溶岩が
岩棚から岩棚へ流れ
証拠と時間がその跡の中で木化する。人間が非実在的になるとき
どの時点でそうなったと言えるのだろう。
彼はオーバーコートを抱えて、気分の意味に関するハイデガーの議論を

頭の中で組み立ててみた。
気分という概念がなければ、自分と世界とを切り分けることができないだろう。
ハイデガーの主張では、情状性があるからこそ、人間は
別の何かに投げ込まれた存在だということがわかってくる。
何と別だと言うのだろう？
ゲリュオンは汚れた窓ガラスに、熱い額を当てて涙を流した。
このホテルの部屋とは別の何か、
彼はそんな自分の声を聞き、そのあとボリバル通りの側溝に沿って
ひたすら足を進めていた。車はまばらだ。
シャッターが下りた売店や飾りのない窓を過ぎる。通りが徐々に狭く、暗くなる。
道を下る。
黒く輝く港が見えた。石畳が滑りやすくなった。塩漬けの魚と
トイレの臭いが漂っていた。
ゲリュオンは襟を立て、西へ歩いた。汚い川が音を立てて横を流れていた。
三人の兵士がポーチから彼を観察していた。
闇の奥で、滴り落ちる音——声がした。ゲリュオンは見回した。

波止場のむこうに、カフェか店のような
ぼやけた四角い光が見えた。だがここにカフェはない。
四時に開いているなんて何の店だろう。
大柄の男がゲリュオンの進路に入ってきて、腕にかけたクロスを
整えながら立っていた。タンゴはどうですか？　彼はそう言って
深くお辞儀をしながらうしろに下がった。ドアの上の白いネオンサインに
Caminito《小道》と書かれていた。
ゲリュオンが入っていったその汚れた黒い店内は、あとでわかるのだが
ブエノスアイレスに唯一残っている本格的なタンゴバーだった。
暗がりの中に、瓶の並んだ古びたコンクリートの壁と、小ぶりの赤い丸テーブルが
輪になっているのが見えた。
エプロン姿の小人がテーブルを飛び回り、試験管に似た背の高いグラスに入った
オレンジ色の飲み物を全員に
配っていた。部屋の前方にある低いステージがスポットライトに照らされている。
三人の老いた奏者が肩を寄せ合っている――
ピアノ、ギター、アコーディオン。いずれも七十歳より下には見えない。

アコーディオン奏者はかなり弱々しく
旋律の曲がり角で肩を揺らすたびに、アコーディオンに潰されて
平になってしまわないかとゲリュオンは心配した。
何があっても潰れないことが徐々にわかった。三人はほとんど
目を合わすことなく
一心不乱に演奏した。それぞれに即興し、鍵盤をたたき、並んで奏で、離れて奏で、
眉毛を上げたり、眉毛を下げたり。三人は集まり、ばらけ、音を上げ、合わせるのを止め、
代わる代わるリードし、
ひとつの雲となって高まり、波のように緩やかに終えた。夢中になっていたゲリュオンが
覚めたのは、男性が
いや女性が幕のあいだからステージに
現れたときだった。
その女性はタキシードに黒いネクタイという装いだった。スポットライトの下で
マイクをとって歌い始めた。
典型的なタンゴの曲で、彼女にはそれを歌うのに必要な針が喉いっぱいに備わっていた。
タンゴはひどい――

あなたの心か、私の死か——どれも同じに聞こえる。ゲリュオンは他の客が
拍手をするたびに拍手し
そして次の歌が始まると、全員の輪郭がぼやけて流れ出して
埃まみれのフロアに落ちた。
彼は眠りながら、燃え、望み、夢みて、流れて、眠った。
頬骨が壁にこすれて意識が戻った。
ぼんやり辺りを見回す。奏者の姿がない。テーブルに客がいない。照明が消えている。
タンゴの女性はグラスにうつむいていて
その足元を小人が箒で掃いていた。彼はまた眠りそうになったが
彼女が起き上がって顔をむけたのがわかった。
彼はハッとなって目を覚ました。オーバーコートの中で背筋を伸ばし、さりげなく体の前に
腕を置いた。
勃起した部位が多すぎる気がした。だが実際には三つだった。この時も
普段目を覚ますときのように勃起していた。
その日は下着を履いていなかったが（理由はすぐに思い出せなかった）
気にしている暇はなかった。

彼女がテーブルを引き寄せて **Buen' día《おはよう》**と言ったのだ。
どうも、とゲリュオン。
アメリカ人？　いいえ。**イギリス人？**　いいえ。**ドイツ人？**　いいえ。**スパイ？**　そう。
彼女は笑った。
彼は彼女がタバコを出して
火をつけるのを見ていた。彼女は何も話さない。嫌な予感がした。
音楽について
何か言うのを待っているとしたら。嘘をつくか？　逃げるか？　ごまかすか？
あなたの歌——と言いかけた。その女性が顔を上げて
目で窺った。**タンゴは万人受けしない**、と言った。ゲリュオンには聞こえていない。
コンクリートの壁の冷たい圧を背中で受けて
記憶の中へ転がっていた。彼は土曜の夜の、高校のダンスパーティーにいた。
バスケットボールのゴールネットが
体育館の壁の高みから影を下に伸ばしている。何時間も音楽を耳に
ぶつけられているあいだ、彼は
冷たいコンクリートを背中に感じながら立っていた。ステージからの衝撃が

暗闇にいる人の手足に
光の縞を描いた。熱気が花咲いた。黒い夜空が星を忘れて窓にのしかかっていた。
ゲリュオンは
兄のスポーツジャケットのレーヨン生地に包まれて立っていた。汗と欲望が
体を伝って
股間と膝の裏に溜まる。だらっとした姿勢で
三時間半も壁際に立っていた。
見るともなく全体を見ていたせいで目が痛んだ。
壁際には他にも少年たちが
立っていた。少し怯えた彼らの周りに、コロンの花びらが舞い上がった。
いっぽう音楽は心を駆け巡り
歌の中のドラマに酔えるように
すべての花弁を開けた。
それで、とゲリュオンの兄が言ったのは、夜の十二時五分にゲリュオンが
キッチンに来たときだ。**どうだった？　誰と踊った？　ドラッグはやったか？**
ゲリュオンは止まった。兄はシンクの横のカウンターに並べた六枚のパンに

マヨネーズとボローニャソーセージとマスタードを
のせていた。頭上のライトが黄緑に輝いている。
ボローニャソーセージが紫に見えた。
ゲリュオンの目は体育館での映像とともに、まだ弾んでいた。**今日はなんとなく**
見るだけにした。
明るすぎる部屋の中でゲリュオンの声は大きかった。兄は彼をちらっと見てから
四角いサンドイッチを積み上げて
塔をつくった。パン切りナイフで斜めに切って三角にし
そのすべてを皿に乗せる。
プラスチックのパックにひとつだけ残っていたボローニャソーセージを
口に押し込みながら皿を持って
テレビのある部屋へと続く階段にむかった。**ジャケットが似合う、**と彼は
もごもご言いながらむこうに行った。
クリント・イーストウッドのレイトショーがあるから、こっち来るとき毛布をよろしく。
ゲリュオンは一瞬考えた。
そしてマヨネーズとマスタードに蓋をして

冷蔵庫に戻した。ボローニャソーセージの包装を
ゴミ箱に捨てた。スポンジでカウンターのパン屑を丁寧に拭いてシンクに落とし
屑がなくなるまで
水を流した。ステンレスのやかんの中から、ぶかぶかのジャケットを着た
小さな赤い人間が彼を見ていた。
一緒に踊る？　彼はその人間に言った——カカカカカ——ゲリュオンは突然目を覚まし
どこかのタンゴバーの埃が舞う昼の光の中にいた。
小人が椅子を逆さにして赤いテーブルにバンと乗せていた。ゲリュオンは
そこにいる女性が
むかいに座りタバコの灰をテーブルの角で落として「**タンゴは万人受けしない**」
と言った女性だということを、すぐに思い出せなかった。
彼女は人のいない空間を見回した。小人はタバコの吸殻を掃き集めて
山を作っていた。窓にかかっている
硬くて小さな赤いカーテンの隙間から、本来の日の光が弱々しく差し込んでいた。
彼女はそれを眺めていた。彼は
ある詩の一節を思い出そうとしていた。**Nacht steigt ans Ufer**《夜が岸にのぼる》**....**

なんて言ったの？　と彼女は聞いた。

別に。彼はとても疲れていた。その女性は黙って煙草を吸った。シロイルカのこと考えたことありますか？

ゲリュオンがたずねた。彼女の眉が驚いている。這い登る二匹の昆虫のように。

絶滅危惧種？

いいえ、水槽の中で浮くことしかできないんです。

考えたことないけど――なんで？

何を考えてるんだろうね。浮きながら。一晩中。

何も。

不可能でしょ。

どうしてですか？

生きてたら考えてしまうものでしょ。あなたはそうかもしれませんけど。

なんでシロイルカは違うの？

どうして同じなんですか？　でもシロイルカの目を見ると、考えてるのがわかるんです。

バカじゃないの。自分と重ねてるからでしょ――罪の意識だよ。

罪の意識？　どうしてシロイルカに？　水槽にいるのは僕のせいじゃない。

もちろん。じゃあ、なんで罪を感じてるの?——あんたは
誰の水槽にいるの? ゲリュオンは頭にきていた。父親が精神分析医だったんですか?
彼女はにやりと笑った。違う、私がそう。
彼はじっと見た。嘘をついていない。そんなに驚かないでよ、と彼女は言った。
おかげで家賃を払えるし、倫理にもとる仕事じゃないよ——
そうも言い切れないか。だったら、あの歌は? ああ。彼女は灰を床に弾いた。
タンゴを歌って生計を立ててるんですか?
夜ここに何人いたと思ってるの? ゲリュオンは考えた。五、六人。
その通り。同じ五、六人が
毎晩来る。週末は多くて九人か十人。テレビでサッカーを
やってない日はね。チリの政治家や
アメリカの観光客がパーティーをすることもある。でも実際
タンゴは化石。
精神分析だって、とゲリュオンは言った。
彼女は少し彼のことを見て、そしてゆっくり口を開いた——けれども小人がピアノを
壁に押したせいで

ゲリュオンは聞き取れなかった——**怪物が赤い《レッド》のは怪物のせいじゃない。**

え？　ゲリュオンは前のめりになった。

「**帰ってベッドで寝る時間じゃない？**」**って聞いたんだよ、**彼女は立ち上がって

タバコをポケットにしまった。

また来てよね、彼女は言った。ゲリュオンの大きなオーバーコートがドアを払い除けたが

彼は振り返らなかった。

三十二　キス

健康な火山とは、圧力の使用による活動だ。

――

ゲリュオンはホテルのベッドに座って、自分の内なる生の地割れのことを
考えていた。火山の噴気口が岩で
ふさがれると、火山学者が炎の唇と呼ぶ裂け目から
融解物が
滲み出ることがある。だがゲリュオンは
自分が抱えている痛みだけしか
考えない人間にはなりたくなかった。彼は膝に乗せた本に体をかぶせた。
哲学的な問題だ。
「……私は人が赤をどう見るか決してわからないし、人は私が赤をどう見るか
決してわからない。しかしこうした意識の分離は
コミュニケーションの失敗を通じてしか認識できないのである。私たちが

最初にするのは自他未分化の状態を信じることである……」
ゲリュオンは読みながら、自分の深いところから何トンもの黒いマグマが
沸き上がるような感覚を覚えた。
ページの冒頭に目を戻して最初から読み始めた。
「赤の存在を否定することは、神秘の存在を否定することである。それを行う魂は
いつか狂うだろう。」
教会の鐘がページ全体に響きわたり
午後六時という時間が波のようにホテルへ流れ込んできた。明かりがつき
白いベッドカバーが前に飛び出し
壁の内部を水が走り
洞窟の中のエレベーターがマストドンのように音を立てて揺れた。
狂ってるのは僕じゃない、
彼は本を閉じた。オーバーコートを着て、きちんとベルトを締めて外に出た。
外の通りはブエノスアイレスの
土曜の夜だった。
溌剌とした大勢の若者がバラけて、彼の周りに散らばった。たくさんのロマンスが

窓ガラスの奥から歩道に
輝く熱気を吐き出していた。彼は立ち止まって中華料理店の窓を
見つめた。ライチの缶詰が四十四個、ゲリュオンと同じ大きさの塔のように
積み上げられている。ゲリュオンは
縁石に腰を下ろした物乞いの女性がふたりの子どもをスカートに
乗せているところでつまずいた。新聞の売店で立ち止まり
すべての見出しを読んだ。そして反対側の雑誌のコーナーへ回る。
建築、地質学、サーフィン
ウェイトリフティング、編み物、政治、セックス。「うしろから楽しむ」が目に留まる。
(一冊丸ごとその特集?
毎号?　毎年?)　しかしあまりに恥ずかしくて買えなかった。
彼は歩き続けた。本屋に入る。
哲学のコーナーを見てから「英語の本（全般)」のコーナーへ。
アガサ・クリスティの本で築いた塔の下には
エルモア・レナード（読んだことのある『キルショット』）と対訳版の
『ウォルト・ホイットマン詩集』があった。

闇が斑の影を落とすのは　あなた独りだけではない
闇はわたしにもその斑を投じた
わたしが為した最善は　空虚で怪しいようだった
邪のすがたを知っているのは　あなた独りだけではない

. . . tu solo quien sabe lo que es ser perverso《邪のすがたを知っているのはあなた独りだけではない》、ゲリュオンは邪な
ウォルト・ホイットマンを置いて自己啓発本を開いた。
そのタイトル（『忘却は正気の代償？』）を見て、探していたのはこれだと思った。
「鬱は存在の未知なるあり方のひとつです。
自我を失い自他の境界のない状態で見た外界に、言葉はありません。
言語能力が戻るのはいわゆるメンタルヘルスという
忘却への緩やかな回復期になってからだけです。そのとき想像力は
自ずと風景を塗り直し、習慣は心を落ち着かせ
言語は日常のときめきを取り上げられるようになります。」助言をさらに求めて
ページをめくろうとしたとき、ある音が彼を捉えた。

キスのような音。彼は周りを見回した。店頭の窓の外で作業員が梯子の中ほどに立っていた。
黒っぽい鳥がその男に飛びかかっていた。鳥が近寄づくたびに男は口でキスのような音を出した——
鳥は後方に宙返りをしたあと、虚勢を張るようにもう一度飛び、鳴いた。
キスは鳥と作業員を喜ばす、とゲリュオンは思い
そして収穫がなかったという気持ちに貫かれた。ゲリュオンが
向きを変えて行こうとしたとき
隣にいた男の肩に強く当たった——**あっ、**革のいやな黒い味が鼻と唇に満ちた。
すみません——
ゲリュオンの心臓が止まる。ヘラクレスだった。何年振りだろう——
顔のむくんでいる日を選ぶなんて。

三十三　早送り

驚いた。カフェ・ミットヴェルトでコーヒーを片手に口をそろえてふたりは言った。

――


ゲリュオンにはわからなかった――

大人になったヘラクレスとテーブルを挟んでいることと、「驚いた」という表現を
自分が使ったことでは、どちらの方が奇妙なのかを。

ヘラクレスの左に座っている黒い眉の青年は何者だろう。

あいつらも言語を持っている、とアンカッシュが言った。

ヘラクレスによれば、アンカッシュとふたりで南米を回って
火山を記録しているということだった。

映画のためだ、とヘラクレスは付け加えた。**自然を撮るの？　ちょっと違う。**

エミリ・ディキンスンのドキュメンタリーだ。

そうだよね、とゲリュオンは言った。彼はこのヘラクレスを、自分の知るヘラクレスに
合わせようとしていた。

「私の火山には芝地がある」

ヘラクレスは続けた、**ディキンスンの詩だ。そうだね、**とゲリュオン。**その詩、好きだよ。**

草地《ソッド》と神《ゴッド》で

韻を踏んだりしてないのがいい。アンカッシュはというと、ポケットから

テープレコーダーを出していた。

彼はその中にテープを入れ、イヤホンをゲリュオンに差し出した。**聞いてほしい、**

と彼は言った。**フィリピンのピナツボ火山だよ。**

去年の冬に行ったんだ。ゲリュオンはイヤホンをつけた。聞こえたのは

喉の奥から苦しみを吐き出す動物の嗄れた声。

それから、トラクターのタイヤが坂道を転がるような、重く不規則にぶつかる音。

ヘラクレスが見ていた。

雨は聞こえる？　と彼は言った。**雨？**　ゲリュオンはイヤホンを調節した。音の内側は

色が感じられるほど熱かった。

モンスーンの時期だ、とヘラクレス。**火山灰と炎が空中で雨に混ざってたな。**

走って山を下りてく村人がいた。

そのむこうに熱泥《ねつどろ》でできた二十メートルの高さの黒い壁もあった。

テープの音はそれだ。

それは固い岩の塊が煮えたもので、動くときザザっていうんだ。

ゲリュオンは岩が煮える音を聴いた。

ガラスが割れるような音もした。人間の叫び声とそれに続く銃声だと彼はわかった。

銃声？　やむを得ず軍隊を送ったらしい、とヘラクレス。

溶岩が時速九十キロで流れてきても家から逃げない人がいたから――これを聞いて、
とアンカッシュが割って入った。

彼はテープを早送りしてから再生した。**これを。**ゲリュオンは耳を澄ませた。

聞こえたのは、また動物のうなり声だ。

だがそのあとメロンを地面に叩きつけたようなドンという音。

彼はアンカッシュを見た。**高地は空気が熱いから**
翼が燃えてしまうよ――鳥は落ちるしかない。アンカッシュが黙った。彼とゲリュオンは
まっすぐ見つめ合っていた。

「**翼**」のところで、ふたりのあいだを振動のような何かが通り過ぎたのだ。

アンカッシュがまた早送りをする。

この辺りかな――よし――日本だ。聞いて、津波――

海岸を襲った津波は
波頭から波頭まで一〇〇キロあったんだ。漁船が隣村まで陸の上を流されてた。
ゲリュオンは日本の海岸を破壊する水の音を聞いた。
アンカッシュが大陸プレートのことを話した。**海洋プレートの境界が一番怖いぞ、**
大陸プレートが別のプレートの下に
沈み込む場所。余震が何年も続くんだ。
そうだね、とゲリュオンは言った。ヘラクレスが
金の舌で舐めるように彼を見た。マグマが上昇する。どうした？　アンカッシュが聞いた。
ゲリュオンはイヤホンをはずし
コートのベルトに手を伸ばす。**もう行くよ。**ヘラクレスの視線から
逃げるのに要した労力は
リヒターが考案したマグニチュードで測れただろう。**電話をくれよ、**
シティホテルに泊まってる、とヘラクレスが言った。
マグニチュードには最小値も最大値もない。
すべては地震計の
感度に依存する。**わかった、**ゲリュオンは急いでドアから外に出た。

三十四　ハロッズ

ゲリュオンはホテルのベッドの端で、何も映っていないテレビを見つめていた。
——
午前七時。動揺から逃れられなくなっていた。ヘラクレスに連絡するのをためらったまま
二日が経った。もはや
電話さえ見ていない（靴下の引き出しの奥にしまった）。
彼は拒んでいた
プラザ・デ・マヨのむこうにあるホテルの部屋のふたりを想像することを。
彼は拒んでいた
ヘラクラスは寝起きの熊が蜂蜜の瓶の蓋を外すように早朝に愛し合うのが
好きだったという記憶を甦らすことを——ゲリュオンは
急に起き上がってバスルームに入っていった。オーバーコートを脱いで
シャワーの水を出す。立ったまま冷たい水を
一分ほど浴びているあいだ、エミリ・ディキンスンの断片が頭の中を駆け回っていた。

こんな遅い
時期に
桃を手に
したことは
一度もない

なぜ桃なのだろう？　ゲリュオンが考えていると、靴下の洞《ほら》の奥深くで電話が鳴った。
ゲリュオンが飛び込む。
ゲリュオン？　おまえか？　腹減ってる？　ヘラクレスの声がした。一時間後
気がついたときには、カフェ・ミットヴェルトの朝の賑わいのさなかに
アンカッシュとテーブルをはさんで座っていた。ヘラクレスは新聞を買いに行っていた。
アンカッシュは背筋を伸ばして座り
命ある羽根のように美しい男だった。**君の名前——どんな意味なの？　スペイン語？**
違う、ケチュアの言葉だよ。ケチュア？
ケチュア語はアンデスで話されてる。ペルーで一番ふるい先住民族の言語のひとつ。

君はペルーから来たの？
ワラス。それはどこ？　リマ北部の山の中にある。
そこで生まれたの？
違う、ワラスは母の町。僕はリマで生まれた。父は聖職者で
司教になることを望んでたから
母は僕を連れて山に戻ったんだ。アンカシュは微笑んだ。ヘラクレスが言いそうだけど
これが熱帯の生き方だよ。
ヘラクレスが来て横を通りながらゲリュオンの髪をくしゃくしゃにした。
俺が何だって？　と言って座った。
それでもゲリュオンはアンカッシュを見ていた。お母さんはまだワラスにいるの？
もういない。去年の冬に山のあの辺りで
テロリストが車やテレビ局を爆破したせいだ。母は怒ったよ。
死はくだらない、そう言ってリマに帰っていった。
リマが好きだから？　そんな人はいないよ。リマでどうやって暮らしてるの？　ひとり？
ひとりってわけじゃない。週に五日
金持ち夫婦に料理を作ってる——アメリカから来た白人《グリンゴ》の人類学者とその奥さんにね。

あいつは金を払ってうちの母にケチュア語を習ってる。屋上に住まわせながら。
屋上？　リマでは何でも使うんだよ。
ケチュア語？　ケチュア語なら少しわかるぞ、ヘラクレスが明るく会話に入ってきた。
アンカッシュは唖然とした。ヘラクレスは続けた、
歌だ　曲は知らないけど歌詞はわかる　適当に曲をつけてみるかな。
彼は歌い始めた。子どもの声のように
奇妙な音節に抑揚をつけていた。ゲリュオンは見ていて
落ち着かなかった。雨に放った香水のように
声が流れ出した。

Cupi《クピ》 checa《チェカ》 cupi《クピ》 checa《チェカ》
varmi《ヴァーミ》 in《イン》 yana《ヤナ》 yana《ヤナ》
cupi《クピ》 checa《チェカ》 cupi《クピ》 checa《チェカ》
apacheta《アパチェータ》 runa《ルナ》 sapan《サパン》
cupi《クピ》 checa《チェカ》
in《イン》 ancash《アンカッシュ》 puru《プル》

cupi checa《クピチェカ》
in sillutambo《インシルタンボ》
cupi checa《クピチェカ》
cupi checa.《クピチェカ》

彼は歌い終えるとゲリュオンにニヤッと笑って言った、**これは「クピチェカ」の歌。**
アンカッシュがおしえてくれた。
歌詞の意味を知りたいか？　ゲリュオンはただ頷いた。**クピチェカは**
右左右左って意味だ、
とヘラクレスが言った――アンカッシュはうしろに体重をかけ椅子の前足を浮かせていたが
カタンと前に移動した。
ケチュア語のレッスンはまた今度、昼までに郵便局に行きたい。
それからすぐに三人は通りに出て
ボリバル通りを早足で歩き、強風に体を弦のようにかき鳴らされていると
ヘラクレスが犬みたいに前に飛び出し
あらゆるものの匂いを嗅ぎ、通りに並んだ店のものを次々と指さした。アンカッシュと

ゲリュオンはついていった。
寒くないの？　ゲリュオンがコートを着ていないアンカッシュにたずねる。**寒くないよ、**
とアンカッシュ。そして横目でゲリュオンを見る。
ほんとは寒い。アンカッシュは笑った。ゲリュオンはこの羽根の男を
コートで包んであげたかった。彼らは身を屈めて
風に逆らいながら歩き続けた。冬の太陽は寒々しい売り物を空に投げ
すれ違う人が
その眩しさに目を細めていた。毛皮を着たふたりの女性が大柄な金色の狐のように
踵を揺らして三人の方へむかってくる。ちがう――
男だ、ゲリュオンはすれ違いざまに気がついた。アンカッシュもじっと見ていた。狐たちは
人ごみに消えていった。
アンカッシュとゲリュオンは歩き続けた。空腹も彼らと歩いていた。
ヘラクレスが歌った歌に、とゲリュオンが言った。
君の名前が出てきた――アンカッシュプル――**そうだよね？**
耳がいい、とアンカッシュ。
どんな意味なの？　とゲリュオンはたずねた。アンカッシュが口ごもる。**訳せないな。**

アンカッシュっていうのはね——
だがヘラクレスが彼らの方をむいて大きく手を振った。**ここだ！** 大声を出して
深紅の日よけのある
巨大なデパートを指した。扉の上に真鍮で「ハロッズ・オブ・ロンドン」と書いてある。
ヘラクレスは
回転ドアのむこう側に消えた。ゲリュオンとアンカッシュが追う。そして立ち止まる。
ハロッズの内部は生が止まっていた。
ぼんやりとした灰色の薄明かりの中で、難破船の生存者のように女性店員たちが
浮いていた。客はいない。通路には紅茶の香り。
奥のガラスケースには冷たいものが数点、くすんだサテンの上に残っていた。
ビスケット缶から出てきた
イギリスの空気の塊は、当てもなくさまよい、色褪せた斑点に変わっていった。
ひときわ眩しく輝くケースに並ぶ
置き時計と腕時計はどれも、猛烈な勢いでチクタク動き、六時十五分を指している。
ゲリュオンはエスカレーターを上っていく頭が目に入った。
行こう、彼はアンカッシュに言った。**彼はいつでもトイレの場所が頭に入ってる。**

アンカッシュはうなずいた。
エスカレーターを上ってから牛タンのゼリー寄せの山や
ゴム長靴がある通路を進んでいくと
店の反対側でヘラクレスが興奮して手を振っていた。**見せたいものがある！　こっち！**
彼らは数日後に
ハロッズ二階の壁の前にあったものについて語ることになる。
牛タンと長靴を除けば
二階は閑散としている。しかし影の中に浮かぶ気配があった。
メリーゴーランド。さらに、木製の原寸大の動物が六四、
金のポールや銀のポールにつながれて、擦り切れた緑色の生地のルーレットにいた。
ライオンと白いポニーは
泡汗を流しながら前に進もうとしている。シマウマ、ゾウ、トラ、クロクマは
ポールから外れて倒れ、空を見つめていた。
子どもの遊び場だ、とヘラクレスが言った。**アルゼンチンの語源だ、**とアンカッシュ。
ゲリュオンはシマウマのそばで膝をついていた。
虎を盗むか？　外れてるよな、とヘラクレスが言った。

誰も返事をしない。

アンカッシュはゲリュオンを見ていた。彼も膝をついた。ゲリュオンはシマウマを
覚えておこうと思った。後で写真を
撮れるように。「時間の経過」。絹の睫毛に指先で触れる。一本一本は
瞼に並んだ突起に差し込まれていて、その下には情熱的な目があった。

いい出来だからドイツ製じゃないかな、とアンカッシュが言った。

ゲリュオンは彼が誰かを思い出したかのように、彼の方をむいた。

後で君を撮っていい？　ゲリュオンがたずねる。

そのとき、屈折した粒ほどのヘラクレスが、ぎろっとしたガラスの眼球に映った。

ふたりの頭上からヘラクレスが言う
アンカッシュ、この虎をおまえの母さんのところに連れて行きたい。

誕生日を祝いに行くわけだし――

最高のプレゼントだろ！　虎はケチュア語で何ていうんだ？　おまえから聞いたけど忘れた。

テスカ、とアンカッシュは立ち上がった。

テスカ、そうテスカだ、虎の神だ。別の名前があるよな？

たくさんある――

ヘラクレス、何をしてるんだ？　ヘラクレスが虎を持ち上げようとする。
虎をサーカスの日常に縛り付けていた革の太い紐を
ポケットナイフで切り始めた。
わかったよ、でも
ハロッズから持ち出したとして——アンカッシュは理性的に話した——**空港はどうする？**
エアロペルーが
木でできた原寸大のサーカスの動物を飛行機に乗せてくれると思うか？
失礼な、ヘラクレスは息を切らしながら言った、
これは木でできたサーカスの動物じゃなくて、虎の神テスカだ。荷物として運ぶぞ。
荷物？
銃を入れるバッグにしまおう。ペルーに銃を持っていく人は多いぞ。
アンカッシュはメリーゴーランドの端に腰を下ろし
膝の上に手を置いた。アンカッシュはヘラクレスを見ていた。
ゲリュオンはアンカッシュを見ていた。
内心怒っていた——僕をペルーに置いて行くつもりだな、どうでもいいと思ってるんだ——
ガチャンという鈍い音がして、揺れる気配がした。ハロッズが暗くなった。ゲリュオンは

ひそひそ話す声を聞いた、**彼はいつでもヒューズの場所が頭に入ってる。**
店じゅうに警報が鳴り響き、ヘラクレスが走ってきて全員で
虎を彼の肩に上げてエスカレーターにむかう。**Vamos hombres!**《行くぞおまえたち》ヘラクレスは叫んだ。
こうして彼らはペルーに行った。

彼はかなり空腹だったが、それよりはるかに屈辱的なことが――

三十五　グラディス

一万二〇〇〇メートル下にはアルゼンチンとチリを隔てる山々があり
メレンゲパイのように、そのどこまでも続く白い断層粘土《ガウジ》が
赤い砂岩を追っている――ゲリュオンは自分が興奮しているのがわかった。
彼はヘラクレスとアンカッシュのあいだに座っていた。
機内は寒く、三人で一枚のアエロペルーの毛布をかけている。
ゲリュオンは本を読もうとしていた。
リマへの途中のアンデス上空で息が詰まったころにようやく
ブエノスアイレスの空港で買った小説が
ポルノだということに気が付いた。**グラディスはネグリジェの下に手を入れて**
自分の腿を撫でた、というような
退屈な文に興奮している自分に腹が立った。グラディス！

ゲリュオンはその名前を嫌った。しかし
毛布の下の腿はとても暖かい。明かりを消して
目の前の座席のポケットに
本を押し込む。闇の中で深く座る。左側ではヘラクレスが
寝息を立てている。右側ではアンカッシュが
じっと座っている。ゲリュオンは膝を組もうとしたがうまくいかず左にずれた。
寝たふりをしてヘラクレスの肩に
もたれようとした。顔まで漂ってくる革のジャケットの匂いと
革の下にある
ヘラクレスの腕の迫力が、色と同じ烈しさで迫って、懐かしさという波を起こした。
それが腹の底で爆発した。
そのとき、毛布が動いた。ヘラクレスの手が腿を撫でるのがわかった。風に揺れる
芥子の花のようにゲリュオンが頭を反らせたのは
ヘラクレスの口が口に降りてきて、体に黒が染み込んだときだった。ヘラクレスが
彼のジッパーに手をかける。ゲリュオンは諦めて
快楽に身を任せたが、そのあいだも飛行機は時速九七八キロでマイナス五七度の

雲を抜けていくのだった。
夜明けの赤い闇の中で、歯ブラシを持ったふたりの女性がよろけながら通路を進んだ。
みんないい乗客だ
とゲリュオンは夢見心地で考えた。彼と飛行機はリマにむけて降下していた。
大勢の乗客の頬に
眠りながら座席に顔を押し付けたせいでできた赤い痕があり
彼は優しい気持ちに満たされた。グラディス！

三十六　屋上

リマの汚れた白い土曜の朝。

――

雨が降り出しそうな重暗い空なのに、リマでは一九四〇年から降っていない。
ゲリュオンは家の屋上に立って
海を眺めていた。煙突や列になった洗濯物にとり囲まれていた。
すべてが奇妙に静かだ。
隣の家の屋上では、絹の黒い着物を着た男が梯子の先端に現れた。
着物をつかみながら屋上に上がって
錆びついた大型の貯水槽の前でぼうっと立っていた。
貯水槽をじっと見てから
蓋をおさえていたレンガを持ち上げ中を覗いた。レンガを元の位置に戻した。
梯子を降りた。ゲリュオンが振り返るとアンカッシュが屋上に上がるのが
見えた。**Buenos días**《おはよう》**、**とアンカッシュが言った。**おはよう、**とゲリュオン。

ふたりは目を合わさなかった。
よく眠れた？　アンカッシュが聞いた。**うん、ありがとう。**三人は下のアメリカ人から
寝袋を借りて
屋上で寝た。アンカッシュの母親は屋上をリビングと寝床と
園芸の場所に分けていた。
貯水槽の隣は客が眠る場所。その隣に「アンカッシュの部屋」があり、片側が
物干しの紐で仕切られ、アンカッシュが
Tシャツをハンガーにかけてきちんと吊るしていた。もう片側には
貝殻の真珠層をはめ込んだ傷だらけの箪笥があった。
箪笥の隣は書斎。そこにはソファがふたつと、本が詰まった本棚がひとつ。
机には
タバコの缶を重しにした紙の山と、首の曲がる読書灯があり
それを差し込んだ延長コードは
机をわたり、屋上を走り、梯子を下ってキッチンに続いていた。
アンカッシュは書斎の天井を
椰子の葉で作った。風が吹くと木製の舌のようにカサカサ鳴った。

書斎の隣にはずんぐりとした小屋みたいなものがあり
透明な厚手のプラスチックと電話ボックスのパーツでできていた。
そこでアンカッシュの母親が
金を産む大麻と料理用のハーブを
栽培していた。自分で「小さな祝宴」と名付けたそこが
この世界の
お気に入りの場所だと言う。聖フランシスコやリマの聖ローザの石膏像が
植物を励ますように置かれている。
彼女は「小さな祝宴」の隣にある、色鮮やかな毛布を積み上げただけのベッドで眠った。
寒くなかった？ アンカッシュが続けた。
大丈夫だったよ、とゲリュオン。むしろリマのくすんだ赤い冬の星の下にいた昨夜は
生きてきた中で一番寒い夜だった。
アンカッシュが屋上の端にきて、ゲリュオンのそばで通りと海を見下ろした。
ゲリュオンも眺めていた。白い空気を越えて音がやってくる。ゆっくりと
ハンマーを繰り返し打つ音。水道管の水のように
動いたり止まったりする不確かな音楽。幾重にも重なった車の往来。ゴミの燃える

パチパチという音。犬の乾いた遠吠え。
音はゲリュオンのなかで小さいものだったが、それでも少しずつ心を満たしていった。
下の通りに人がいないわけではなかった。男がふたり
造りかけの塀のそばでしゃがみ、小さな石窯からレンガをシャベルで出していた。
少年が体くらいある大きな椰子の葉を持って
教会の階段を掃いていた。男と女がプラスチックの容器から朝食を出して
立って食べながら
それぞれ通りの反対方向を見つめていた。ふたりは魔法瓶とカップをふたつ
車のボンネットにのせていた。
五人の警官がカービン銃を抱えて通り過ぎた。浜辺ではサッカーチームが練習をしていて
そのむこうでは
汚い太平洋が押し寄せていた。**アルゼンチンとは違う、**とゲリュオンが言った。
どういう意味?
ここでは誰も急がない。アンカッシュは微笑んだが何も言わなかった。**ゆったりと**
動いてる、ゲリュオンは付け足した。彼はサッカーチームを見ていた。
その動きは夢のように丸みを帯びて気だるかった。焦げた臭いが

下から漂ってきた。防波堤に並ぶゴミやマリーゴールドを犬がのんびり嗅ぎ回っていた。**たしかにアルゼンチンの人の方が速いね。**

常にどこかへ移動してる。

ゲリュオンは大勢の背の低いペルー人が防波堤をゆったり歩いているのを見た。何度も立ち止まるが、目を凝らして何かを見ているわけではない。

待ってるみたいだ、ゲリュオンが言った。**何を待ってる？**　とアンカッシュ。

そう、何かを待ってる、とゲリュオン。

突然シューッという大きな音がした。屋上を這うコードから火花が飛んだ。

まったく、とアンカッシュが言った。**配線を直してくれたらいいのに。**

誰かがキッチンで電気ケトルを使おうとするとかならずメルトダウンが起きるんだ。

ヘラクレスが梯子の先から頭を出した。**Hombres!**《よう》　彼は屋上に上った。大きなパパイヤの塊を持った手をゲリュオンに振った。

ゲリュオン、これ食べろよ、太陽みたいだぞ。ヘラクレスはパパイヤに口を埋めふたりにむかってニヤッと笑った。

果汁が顔から垂れて裸の胸に落ちた。ゲリュオンは太陽の雫が
ヘラクレスの乳首の横を垂れ、腹を通って
ジーンズに入っていくのを見ていた。そして目を逸らした。**鸚鵡《おうむ》を見たか？**
ヘラクレスが返事を待っている。
鸚鵡？ ゲリュオンが答えた。**そう、彼女は家のおもてに鸚鵡だらけの小屋を借りてる。**
五十羽いるはずだ。
紫　緑　オレンジ　青　黄色、まるで爆発みたいだ。一羽はくそデカくて
金色だ。彼女はそれを
追い出さないといけないって言ってる。どうして？ とゲリュオン。**そいつより**
小さいやつを殺すらしい。先週は猫を殺した。
証拠がない、アンカッシュが口を挟んだ。
猫を殺したところを誰も見てない。誰の猫？ ゲリュオンは訳がわからない。
マルガリータの猫、アンカッシュが言った。**マルガリータは下に住んでるアメリカ人の**
奥さん。昨日の夜
寝袋を借りた女の人だよ。ああ、手の冷たい人、とゲリュオンは言った。午前四時に
キッチンで自己紹介したことは思い出せた。

じゃあ誰が猫を殺したんだろうな、とヘラクレスは引かない。ゲリラかも、
とアンカッシュ。去年の冬の
ある週末にワラスの猫を片っ端から殺したんだ。どうして？　とゲリュオン。
見せしめだよ、アンカッシュが言った。何の見せしめ？
大統領が自宅のリビングで演説するのがテレビで放送されたんだ。肘掛け椅子に座って
猫を膝に乗せて
テロリストは警察が完全に制圧したって言ったんだ。
それで次の日、猫がいなくなった。
膝に乗せたのが奥さんじゃなくてよかったな、とヘラクレスは舌で口を舐めながら言った。
コードからまた火花が飛んだ。
黒い煙が少し上がった。直そうか？　ヘラクレスは
ジーンズで手を拭きながら言った。
助かる、とアンカッシュ。母が喜ぶよ。ダクトテープある？　とヘラクレス。
どうかな、キッチンを見てみよう。
ふたりは梯子を下りて姿を消した。ゲリュオンはオーバーコートをしっかり羽織り
しばらく目を閉じた。

風むきが変わり、海から吹き込んできて臭いが運ばれた。

ゲリュオンは寒かった。腹が減った。体が鍵のかかった箱のようだ。リマはひどい、なぜここに来たんだ、と彼は思った。頭上の空も待っていた。

三十七　目撃者

土曜日は白く過ぎていった。

―――

ゲリュオンは防波堤を歩いていった。待っている集団や
待っている人とすれ違った。
刺激もなければ刺激の不在もなかった。犬が待っていた。
警察は停めた車に銃を立てかけて
待っていた。サッカーチームは浜辺から引き上げて
防波堤を見下ろせるベランダで待っていた。
たいていの人は待ちながら、海や通りをただただ眺めていた。石を蹴る人もいた。
ゲリュオンは家に
戻ることにした。一ブロック前でも鸚鵡の鳴き声が聞こえた。家には誰もいない。
屋上に上り簡易ベッドに座って
リマをどうやって写真に撮ろうか考えた。だが頭の中は特徴のない空のように

空虚だった。
また外に出て歩いた。防波堤を歩く。戸口を閉ざした小さな家を何軒も通り過ぎる。
しみるような海霧の塊に
覆われた石畳の路地を進む。荒れ果てた公園を横切ったとき、二頭のラマが
巨大な銅の頭像のそばにつながれていた。
頭像は笑いながら死んだ人のように口をO《オー》の形に開いていた。ゲリュオンが
その口の中に座り足をぶらぶらさせながら
バナナを食べているあいだ、ラマはわずかに生えた草を食んでいた。不安や悲しみといった
感情には段階があるけど
退屈にはないな、と彼は思った。
僕は何者にもならない、ラマにそう告げた。
ラマは顔を上げない。
ゲリュオンは食べかけのバナナをラマの近くに放った。ラマはそれを
鼻先でどけて草を食み続けた。
ゲリュオンは夜が迫っていることに気がついた。頭像の口から出て歩いていった。
防波堤を戻って家を目指す。

家のおもてには金網の窓があり、その中で五十羽の赤い鸚鵡が飛んだり喚いたりしている。
意識を持った滝のように。写真のタイトルに
良さそうだな、とゲリュオンは考えながら歩を進めた。夜はいつだって
彼を元気づける。
数時間後、ゲリュオンは屋上の簡易ベッドに座り、眠ろうと考えていたが
寒くて動けなかった。アンカッシュが
毛布を抱えて梯子を上ってきた。ゲリュオンのそばに積み上げた。
リマの冬の夜を
暖かく過ごす方法がある、とアンカッシュ。とても簡単だよ。トイレはいった?
一度包んだら朝までそのままだから。
大丈夫だけど——
じゃあこっちに来て、オーバーコートを脱いで。
何を脱ぐって?——ヘラクレスが梯子から
飛び降りて言った。**俺抜きで**
パーティーかよ。
アンカッシュは毛布を広げていた。

一晩中暖かく過ごす方法をおしえてるんだ、と彼は言った。ヘラクレスがニヤニヤしながらふたりに近づいた。

俺だっておしえられる。ゲリュオンはヘッドライトに照らされたウサギのように止まった。

アンカッシュが前に出た。ほっといてくれよ、とヘラクレスに言った。

一瞬、厚い沈黙があった。

ヘラクレスが肩をすくめて背をむけた。わかった、下でおまえの母さんとマリファナを吸うことにするよ。

吸わないよ、売ってるだけだ、とアンカッシュはヘラクレスの背中に言った。

金は払ってもらうぞ。

わかったわかった、ヘラクレスは梯子を下りていった。アンカッシュがゲリュオンを見る。

困ったやつだ、とアンカッシュ。

彼は毛布を持ち上げた。ゲリュオンはぼうっと見ていた。

じゃあ、コートを脱いで

あと、この端を持ってて。体に巻くから、アンカッシュは毛布を差し出した。

この毛布は純毛だから、うまく巻けば体温を逃がさない
そっちを持ち上げて——
ちょっと待って、とゲリュオンが遮った。**ありがたいよ、感謝してるけど**
毛布はここに置いて
自分でやったほうがいいと思う——
ばか言うな
ひとりでできるわけがない、何周か巻かないといけないし
横になってから、さらに毛布を重ねるんだ——
もういいって、僕は——
ゲリュオン、時々君にイライラする。任せてくれよ。
言う通りにしてくれ、今日は疲れてるんだ。
アンカッシュは前に出て、ゲリュオンのオーバーコートを肩の下まで下げて
腕をあらわにした。コートが下に落ちる。
毛布をゲリュオンに握らせてからゲリュオンを回転させ
背中から包んでいった。
急に夜が静寂で一杯になる。**イエス　マリア　ヨセフ、**とアンカッシュが

静かに言った。
小さな音で口笛を吹いた。ゲリュオンの翼を初めて見たのだ。
翼はTシャツの背中に開いたふたつの切れ込みから
カサカサと外に伸び、夜風を受けて垂れていた。
アンカッシュは
それぞれの翼の付け根にある筋を指でそっとなぞった。ゲリュオンが震える。
気を失うかもしれない、とゲリュオンは思った。
Yazcamac《ヤズカマク》、とアンカッシュがささやく。ゲリュオンの腕を取って
正面をむかせた。**何て言ったの?** ゲリュオンは
遠い声で言った。**ちょっと座って、話したいことがある、**アンカッシュは
ゲリュオンをベッドに座らせた。足元の毛布を取って
ゲリュオンの肩にかけて隣に座った。
ありがとう、ゲリュオンはつぶやき、毛布をかぶった。**聞いてくれ、**
アンカッシュが語る。
ワラス北部の山にフクっていう村がある。
フクには不思議な言い伝えがある。

そこは火山地帯。今は活動していない。大昔は火山を神と崇えて火口に人間を投げ込んだりもしたらしい。生贄？　ゲリュオンは毛布から頭を出してたずねた。

ちょっと違う。実験のようなものかな。村の中から人を選んだ。賢い者を。聖なる者と言ってもいい。ケチュア語だとYazcol《ヤズコル》 Yazcamac《ヤズカマク》といって「行って目にして帰ってきた者」という意味だ――人類学者は目撃者って呼んでると思う。実在したんだ。

今でも語り継がれている。

目撃者、とゲリュオンが言った。

そう。火山の内部を見た者。

そして戻ってきた。

そう。

どうやって？

翼だ。

翼？　そう、言い伝えでは、Yazcamac《ヤズカマク》は翼を持つ赤い存在

自らの弱さをすべて焼き払った――

死をもだ。どうしたゲリュオン？　ゲリュオンは狂ったように掻いてた。

何かに噛まれた、と彼は言った。

まいったな、この毛布はどこにしまってあったんだ。ほら——アンカッシュが引っ張る——

渡してくれ。

たぶん
鸚鵡のダニだ、あの鳥は——Hombres!《よう》　ヘラクレスが梯子から飛び上がった。

なんと、ワラスに行くことになったぞ！

おまえの母さんが町を案内してくれるって。アンカッシュはヘラクレスを呆然と見ていたが
ヘラクレスはそれに気づかず
ゲリュオンのそばのベッドに倒れこんだ。**アンデス山脈を見に行くぞ、ゲリュオン！**

朝一番で
レンタカーを借りて出発だ。暗くなる前に着きたいってアンカッシュの母さんが言ってる。

マルガリータに休暇を一日もらえることになったって。

彼はアンカッシュの方をむいた、**週末をむこうで過ごして日曜の夜に帰ればいい——**

どう思う？

彼はニヤッとアンカッシュに笑った。**なかなかのやり手だって思った。**

そのとおり！　ヘラクレスは笑い
ゲリュオンの毛布を弾いた。**俺はモンスターを操る達人だよな。**
彼はゲリュオンをつかみ
ベッドに転がした。**やめろヘラクレス、**ゲリュオンのくぐもった声が
ヘラクレスの腕の下から聞こえる。
だがヘラクレスは飛び上がり——**レンタカーの店に電話だ**——急いで梯子を下りた。
アンカッシュは黙っているゲリュオンを見ていた。
ゲリュオンはベッドの端に体を寄せて上半身をゆっくり起こした。
ゲリュオン、ワラスでは気をつけた方がいいぞ。
今でも目撃者を探している奴がいるから。君の影を見ようとする奴がいたら
僕を呼んでくれ。
彼は微笑んだ。**わかった。**ゲリュオンは笑みを浮かべかけた。
アンカッシュが口をつぐんだ。
なあ、今夜寒かったら、一緒に寝てもいい。一瞬目を見て付け加えた、
寝るだけだ。そして行ってしまった。
ゲリュオンは屋上から暗闇を見つめていた。夜の太平洋は赤く

欲望の煤を放つ。
防波堤でおよそ十メートルおきに小さなカップルが絡み合っているのが見えた。
人形のようだった。
ゲリュオンは妬めるものなら妬みたかった。ここから出て行かないと、
と彼は思った。不死であろうとなかろうと。
彼は寝袋に入り、夜が明けるまで動くことなく、眠り続けた。

三十八　車

ゲリュオンは後部座席からヘラクレスの顔のラインを見ていた。

彼は茨の夢を見ていた。黒褐色の大きな茨が茂る森で
恐竜の子どもに似た生き物（奇妙な愛嬌がある）が
茂みを駆け回りながら自分の皮を引き裂くと
背後に落ちて
長くて赤い縞となった。彼はその写真に
「人間バレンタイン」という名前を付けるだろう。
前席のヘラクレスが窓を下げてタマーリを買った。
彼らはリマの市街を
車で走っていた。信号で止まるたびに
子どもが群がり
食べ物、カセットテープ、十字架、アメリカのドル紙幣、インカコーラを買えと言った。

Vamos!《行け》　ヘラクレスが叫んで
子どもたちの腕をどかし、アンカッシュの母が
ギアを変えて車を出した。
芳ばしいタマーリの香りが車内に満ちた。アンカッシュはまた眠り込んでいたが
枕代わりにしていたのは
車の横に空いた穴に詰めた、油まみれの布の結び目だった。
エアコン付きだ！
ヘラクレスはレンタカーの店から戻ったとき、ニヤつきながら大声を出した。
アンカッシュの母はいつものように
何も言わなかったが、運転席から出てほしいと彼に仕草で伝えた。そして
ハンドルを握って出発した。
リマ郊外の不潔極まる白いヘドロ地帯を、車はひたすら走り続けた。
積み上げたセメント袋に
ダンボールを屋根代わりに乗せた家や、タイヤでつくった輪の真ん中で
炎に包まれているタイヤがあった。
ゲリュオンが見たのは、襟が尖り、シミひとつない真っ白な制服を着た子どもたちが

ダンボールの家から出てきて
バッグを高く掲げて笑いながら幹線道路の端を
進んでいく姿だった。そこでリマが終わった。
車は濃い霧の拳に捕まった。車をやみくもに進めた。道の気配も
海の気配もない。空が暗くなった。
急に霧が晴れて、行き着いたのは何もない高原
サトウキビの緑の壁が
車の左右で垂直に立っていた。サトウキビが終わる。車は上り
上り、上っていく、
裸の岩を削って作った山道を、午後のあいだ、どんどん高い方へ進んでいった。
一台、二台、他の車とすれ違い
他の車がまったく見当たらなくなると、空が自らの方へ持ち上げてくれた。
アンカシュは眠っていた。
彼の母親は喋らなかった。ヘラクレスは不思議と無言だ。何を考えているのだろう
ゲリュオンは気になった。
そして先史時代の岩が車から遠のいていくのを眺めながら、思考について考えた。

恋人だったときでさえ
ヘラクレスの気持ちはわからなかった。**何を考えてたの？**
とたまにたずねても
答えはと言えば、ステッカーや、だいぶ前に食べた中華料理屋の料理といった
妙なものばかりだった。
ゲリュオンが考えていることを、ヘラクレスに聞かれたことは一度もなかった。
ふたりのあいだに危うい雲が膨らんだ。
その雲の中に戻ってはいけないことを、ゲリュオンはわかっていた。欲望は決して軽くない。
彼には、茨のきらめきと
そこにある黒い染みが見えた。車の中でドアに両手を縛られながら
男とセックスをするという夢想を
ヘラクレスから聞いたことがあった。今想像してるかもしれない、
とゲリュオンはヘラクレスの
横顔を見ながら考えた。車が突然浮き上がり
衝撃と共に着地した。
Madonna!《マリア様》 アンカッシュの母が吐き捨てた。そしてギアを変えて前進した。

上るにつれて道に岩が多くなり
やがて岩が転がっているだけの
未舗装の道になった。暗闇が
下りてきたようだったがカーブを曲がると目の前に
突然空が広がった――
黄金の鉢で日没の最後の瞬間《とき》が爆発している――そしてまたカーブがあり
黒ですべてが消え去った。
今すぐハンバーガーが食いたい、ヘラクレスが大声を上げた。
アンカッシュが眠りながらうめいた。
アンカッシュの母は無言だった。屋根のないセメント造りの小さな家を通り過ぎた。
そしてもう一軒。そして
しゃがんでタバコを吸う女性たちの集団が、ぎらつく月光の中にいた。
ワラスだ、とゲリュオンが言った。

三十九　ワラス

ワラスでは水が七十度で沸騰する。

かなりの高さ。高度のせいで心臓が飛び出しそうだ。その町はむき出しの
砂岩の山々がつくる輪の中にあるが
北側にはすっかり雪に覆われた鋭い拳がひとつ突き出ていた。アンデス！　ヘラクレスは
食堂に入ると叫んだ。
彼らはワラスのホテル・トゥリスティコに一泊した。北むきの食堂は
外の朝の光と比べると
あまりにも暗かったので、一瞬何も見えなくなった。全員座った。
このホテルには他に
客がいないと思う、ゲリュオンが周囲の空いたテーブルを見て言った。
アンカッシュがうなずく。**ペルーはもう観光地じゃない。**
外国人観光客がいない？　外国人も、ペルー人も観光しない。最近はリマより北に

誰も行かない。どうして？　とゲリュオンは聞いた。
怖いんだ、とアンカッシュ。**このコーヒー、変な味がする、**とヘラクレスが言った。
アンカッシュはコーヒーを注いで飲んでから、ケチュア語で母親に話しかけた。
血が入ってるんだって。血って？　牛の血、地元のレシピだ。
心臓が強くなるらしい。
アンカッシュは母親に頷き何かを言って笑わせた。
しかしヘラクレスは窓の外をじっと見ていた。
ほんとにすごい光、テレビみたいだ、と言った。彼はジャケットを着ようとしていた。
町を歩かないか？
ほどなくして彼らはワラスの中心街を進んでいった。光と影の差がきわだった勾配が
雪の拳にむかって延びていた。
通りの両側に木製の小さなテーブルが並んでいて、そこではチクレット、
電卓、靴下、
温かいパン、テレビ、革、インカコーラ、墓石、
バナナ、アボカド、アスピリン、
石けん、単四電池、たわし、車のヘッドライト、ココナツ、アメリカの小説、

アメリカドルを売っている。テーブルのむこうには
女性がいて、その小柄だがたくましいさまは、スカートを何枚も重ね
黒いフェドーラをかぶったカウボーイのようだった。男たちは
埃まみれの黒いスーツにフェドーラをかぶり、立って話をしていた。子どもたちは
青い学生服やジャージに
フェドーラという格好でテーブルを走り回っていた。何人かが笑い
多くは歯が欠けたままで、誰も怒っていなかった。
アンカッシュと彼の母親はいつもケチュア語で話しているが
ヘラクレスとはスペイン語だ。ゲリュオンは
カメラを握ったままあまり喋らなかった。僕はいずれ消える、と彼は思ったけれど
写真は撮る価値があった。
火山はただの山ではない。カメラを顔に向けることで
予測できない結果がもたらされる。

四十　写真「時間の始まり」

四人がテーブルに着いて手を前に出している写真。

――――

中央ではパイプが小ぶりの陶のボウルの中で
光っている。隣に灯油ランプ。異様に大きな長方形の光が、壁に投じられている。
「時間の始まり」という名前にする
とゲリュオンが思ったのは、ひどい寒さがどこからか部屋に来たときだった。
カメラの準備に
かなり時間がかかった。手を動かそうとするたびに、瞬間《とき》の巨大な溜まりが
手の周りで広がり続けた。
寒さは視界の端を削り落とすと細い導管だけを残し
衝撃――ゲリュオンは急に
座り込んだ。彼がこれほどハイになったことはなかった。僕は無防備すぎる、
と彼は思った。心からそう思っているようだった。

誰かを愛したいんだ。それも心の深くにあった。ぜんぶ誤解だよ。
間違いが一本の指のように
部屋を切り離していき、彼は身を屈めた。**何だったの？**　何世紀もあとに
誰かが振り返って彼に言った。

四十一　写真「ジェイツ」

ゲリュオンのズボンの左膝あたりのアップの写真。

ゲリュオンは後部座席の窓にカメラを置いて、うしろに遠ざかっていく道が
冷気と熱が同時に感じられるほど眩しい光の中へと
吸い込まれていくのを眺めている。車は砂利や
岩の上を突き進み
イチャンティカスへの急な山道をほぼ垂直に移動していく。
車の移動で痔になる人もいる。
上下に揺れるたびに、ゲリュオンから小さく赤い声がこぼれる。
誰にもそれは聞こえない。前の席ではヘラクレスとアンカッシュがイェイツについて
英語で話をしているが、アンカッシュはジェイツと発音している。
ジェイツじゃなくて、イェイツ、とヘラクレスが言う。**何？　イェイツだよ**
ジェイツじゃない。僕には一緒だ。ジェロー［ゼリーで有名なアメリカの食品ブランド］**とイエローの違いっていうか。**

ジェロウ?

ヘラクレスがため息をつく。

英語はめんどくさい、アンカッシュの母が後部座席から不意に声を張り上げ

話は終わる——

アンカッシュがブレーキを踏み車が弾んで止まる。ゲリュオンの熱い林檎が

肛門から背骨にまで冷たい針を突き立てたのは

どこからともなく現れた四人の兵士に車を囲まれたときだ。ゲリュオンが

彼らの銃にフォーカスを合わせていると

アンカッシュの母がシャッターボタンの上に左手を置き、ゲリュオンの

膝のあいだにそっとカメラを隠す。

四十二　写真「おとなしいものたち」

草原で尖った草を食《は》む二頭のロバの写真。

——

どうしてロバが気になるんだろう？
ゲリュオンは考えていた。彼とアンカッシュの母が
後部座席で待つあいだ
車の窓からはロバくらいしか
見るものがない。警察がアンカッシュとヘラクレスを連れていき
アドベ造りの小さな家に消えていく。
ロバは長くてつやのある耳を暑い空にむけ、鼻で探ってムシャムシャと食む。
その首とゴツゴツした膝が
ゲリュオンを悲しませる。悲しみじゃない、と彼は思う。じゃあ何だろう？
アンカッシュの母が隣の席で
速くて厳しいスペイン語を

ぽろっと言う。今日は思い切って気持ちを表そうとしているようだ。

彼もするかもしれない。

どうしてロバが気になるんだろう？　彼は声に出す。**地球を継ぐのを待ってるんだよ、**

と彼女が英語で答える。

そのとき彼女がかすかに浮かべた粗い笑みを、彼は一日中考える。

四十三　写真「わたしは獣」

モルモットが皿の上で右側を下にして寝ている写真。

―――

彼女の周りにはキャベツサラダとヤム芋の大きな輪切りがある。
二本の小さくて完璧な白い歯を
黒ずんだ下唇に突き立てている。オーブンで焼かれてジューッといっている彼女の肉は
熱く輝き、その左目は
ゲリュオンをまっすぐ見上げている。彼はためらいつつもフォークで脇腹を二回叩くと
フォークとナイフを置いて
食事が終わるのを待つ。かたやヘラクレスとアンカッシュとその母と
四人の兵士
(昼食に招いてくれた) は切ったり噛んだりするのに必死だ。ゲリュオンは
部屋をじっくり見る。天井の
明かり窓から落ちた昼の影が動く。大きな黒い鉄のかまどがまだパチパチといっている。

床にはヤシで編んだ
マットが敷かれ、生き延びたモルモットが数匹かまどの周りを動き回っている。
テーブルの前にインカコーラの木製ケースが三つあり、その上に置かれた
テレビでは小さな音量で「ジェパディ！」が流れている。ドアの横に銃が四丁。
その通り、イチャンティカスは活動してるよ
（兵士のひとりがヘラクレスに言っている）**フクに着いたらわかる。**
町は火山の斜面に
つくられてる——壁の穴から炎が見えるよ。
その穴でパンを焼くんだ。
嘘だろ、とヘラクレス。兵士は肩をすくめる。アンカッシュの母が顔を上げる。
嘘じゃない、と彼女は言う。**溶岩パンのことだよ。**
情熱的になれますね。脂ぎった笑みを兵士たちが交わす。
イチャンティカスの意味は？　とゲリュオンがたずねる。
アンカッシュが母親を見る。彼女はケチュア語で何か言う。アンカッシュは
ゲリュオンを見たが兵士のひとりが割って入り
スペイン語で母親に早口で話す。彼女はその兵士を見つめてから

椅子をうしろに押す。
Muchas gracias《どうもありがとう》 hombres《みんな》、と彼女が言う。行こう。モルモットの冷えていく左目に
全員が立ち上がり
椅子をどけて握手をするのが映る。その目が空《から》になる。

四十四　写真「あのころ」

青白く痩せた裸の男の背中の写真。

――

窓際に立って夜明け前の闇を見つめるヘラクレス。
ゲリュオンは彼と愛し合うとき
背中の骨のひとつひとつにそっと触れるのが好きだった。
それが弧のように反り返って
自らの闇の夢に消えていくと、首元から背骨の先まで
両手を這わせて
雨に濡れた根のような震えをもたらす。
ヘラクレスは
吐息を漏らして枕の上で頭を動かし、ゆっくりと目を開く。
そして驚いて言うのだ。
ゲリュオン、どうした？　泣かれるのは嫌なんだ。どうした？

ゲリュオンは必死に考える。
愛していたけど、もう君のことがまったくわからない。彼はそれを言葉にしない。
時間について考えてた――彼は言葉を選ぶ――
時の中で人は互いに離れてる　一緒にいるのに離れてる――そこでやめる。
ヘラクレスがゲリュオンの涙を
片方の手で拭う。
余計なことを考えずにファックできないのかよ？　ヘラクレスはベッドから出て
バスルームに入っていく。
戻って来るとずっと窓辺に立っている。
ベッドに戻るころにはあたりが徐々に明るくなる。
なあ、次の土曜の朝も俺は笑って、おまえは泣くのか
彼はベッドにもぐりながら言う。
ゲリュオンは彼が毛布を顎まで引くのを見ている。**あのころと同じだ。**
あのころと同じだ、とゲリュオンもそう口にする。

四十五　写真「似てるけど似てない」

あのころみたいな写真だった。ほんとに？

――――

彼はベッドから滑るように出た。黒くて濡れているように光る茨に囲まれていたが
傷つくことなくすり抜けて
オーバーコートを羽織りながらドアから出た。廊下には突き当たりにある
「出口」の赤い表示以外は何もない。
ドアのバーを強く押して血の色の夜明けに踏み出した。
駐車場ではない。いたのはホテルの庭の
残骸の中。あらゆる種類のバラが傷んで茎の上で硬直していた。
茴香《ういきょう》の乾いた葉っぱが冷気の中で
カサカサと羽毛に似た金色のものを落としながら地面の近くで揺れていた。
この匂いは？
ゲリュオンが考えていると、アンカッシュが見えた。

庭の奥の、背の高い松の木と
一体になったベンチにいる。じっと座って
膝の上に顎を置き、膝を腕で抱えていた。その目にずっと見られながら
ゲリュオンは庭を移動し
ためらい、ベンチの前の地面に腰を下ろした。**Día**《やあ》、とゲリュオンが言った。
アンカッシュが無言で見つめる。
あまり寝てないみたいだけど、とゲリュオン。

…………

少し冷えるな　ここに座ってて寒くないの?

…………

朝ごはんを食べに行こう。

…………

それか街を歩くとか。コーヒーはどう?

…………

ゲリュオンは目の前の地面をひたすら見ていた。土に指で
小さな図を描いた。

顔を上げる。アンカッシュと目が合い、ふたり同時に立ち上がると、アンカッシュは手の平でゲリュオンの顔を思い切り叩いた。ゲリュオンがうしろによろけ、アンカッシュはもう片方の手でも叩くと

ゲリュオンは膝をついた。両利きだ、ゲリュオンは感心しつつ急いで立ち上がり手を振り回した。

アンカッシュに捕まらなければ、松の木を殴って骨を折っていただろう。

ふたりは一緒に揺れてバランスをとっていた。アンカッシュは腕を解いて下がった。シャツの前の部分で

ゲリュオンの顔の鼻水と血を拭う。**座れ、**ゲリュオンをベンチに押しやる。

頭をうしろに倒せ。

ゲリュオンは腰を下ろして木の幹に頭をもたせかけた。

吸うなよ、とアンカッシュは言った。

ゲリュオンは上をむいて松の枝の隙間から金星を見つめた。それでも、と彼は思う。

誰かを殴りたい。

それで、とアンカッシュはゲリュオンの右の頬の鮮やかな紫色の痣を擦った。

ゲリュオンは待っていた。

彼のことが好きなの？　ゲリュオンはそれを考えていた。**夢の中では。夢の中？**

あのころの夢の中。

彼と知り合ったころの？　そう――出会ったころの。

今は？

うん――いや――**わからない。**

ゲリュオンは両手を顔に押し当て、そして下ろした。

気持ちはもうないよ。

ふたりはしばらく黙っていたが、アンカッシュが言った、**だったら。**

ゲリュオンは待っていた。

だったら、どんな気持ちだ――アンカッシュは止めた。そして続けた。**だったら**
どんな気持ちで彼とファックしてるんだ？

屈辱感、とゲリュオンが
躊躇なく言ったのでアンカッシュはたじろいだ。

ごめん、言うんじゃなかった、とゲリュオンが言った。

けれども、アンカッシュは庭の向こうに行ってしまった。ドアのところで振り返った。

ゲリュオン?

何?

頼みがある。

どんな?

翼を使うところが見たい。

ふたりが挟む背の高い茴香の、金色の頭に沈黙が舞い上がる。

そこにヘラクレスが飛び込んできた。

Conchitas!《お姉ちゃんたち》 声を挙ながらドアから出てきた。**Buen día**《おはよう》。アンカッシュの顔を見てから
ゲリュオンに目をやり、立ち止まった。

ああ、彼は言った。ゲリュオンは大きなコートのポケットをさぐっていた。

アンカッシュがヘラクレスを押しのける。ホテルに消えていった。

ヘラクレスはゲリュオンを見た。**火山の時間か?** と言った。写真の中のヘラクレスは
顔が白い。老いた男の
顔だ。これは未来の写真だ、とゲリュオンが思ったのは、数ヶ月後に暗室で
酸を溜めた容器を見下ろしながら

似た姿がその骨格から浮かび上がるのを眺めていたときだった。

四十六　写真「1748番」

彼が撮らなかった写真、ここにいる人は撮らなかった写真。

――

ゲリュオンはオーバーコートを着た姿でベッドのそばに立ち
なかなか起きられないアンカッシュを見ている。
ゲリュオンの手にはテープレコーダー。
アンカッシュの目が開いたのを見てたずねる、**電池はどれくらいもつ？**
三時間くらい、アンカッシュが眠そうに
枕から答える。**どうして？　何をするんだ？　今何時？**
四時半くらい、寝てていいよ、とゲリュオン。
アンカッシュは何かをつぶやき夢の中にもぐりこむ。**思い出になるものを**
あげるよ、
ゲリュオンはドアを閉めてささやく。彼は何年も飛んでいないが
凍った足場を上り

イチャンティカスの火口を目指す黒い点になれるのだ。
人間を
寄せ付けないアンデスを旋回しながら下降し、噴火したら離れ
噴火しなければ
木で叩くような風の音と、反復する赤い羽ばたきの音を手に入れる——
彼が録音ボタンを押す。
アンカッシュのために、彼は眼下に広がる大地に叫ぶ。僕たちのすばらしさを
忘れないように。彼が見下ろしているのは
イチャンティカスという地球の心臓が、彼女の古《いにしえ》の目から光子《こうし》をすべて放出する姿。
彼がカメラに
笑いかける。「ただひとつ人々が守る秘密」。

四十七　男が自らに憑いている瞬間。
粉が舞い上がって彼らに飛び散り腕や目や髪に付く。

——

ひとりが生地の形を整え
他のふたりがそれを長い柄に乗せて、奥の壁に開いた燃え盛る四角い穴に
放り込む。
ヘラクレスとアンカッシュとゲリュオンは、パン屋の前で立ち止まって
炎の穴をじっと見ていた。
一日中言い合いをしたあとに、フクの暗い通りを歩きに出かけた。
それは星のない、風のない、真夜中。
下にある古《いにしえ》の岩から冷気が立ちのぼる。ゲリュオンはふたりのうしろを歩く。
酸のほのかなほとばしりが口に残っているのは
数時間前に唐辛子のタマーリを急いで二個食べたせいだ。
三人は柵に沿って歩いている。

路地を抜けて角を曲がったところにそれはある。壁の中の火山。
あれが見える？　アンカッシュが言う。
すごい、ヘラクレスがため息をつく。男たちを見ている。
火のことだよ、とアンカッシュ。
ヘラクレスは闇の中でニヤッと笑う。アンカッシュは炎を眺めている。
僕たちはすごい存在だよ、
とゲリュオンは思う。僕たちは火の隣人だ。
そして時間が彼らに押し寄せる。
三人は触れるほどの近さで並んでいる。不死を顔に浮かべ
夜を背に乗せて。

インタビュー

（ステシコロス）

私　ある批評家があなたの作品では一種の隠蔽のドラマが行われていると評しています　重要な情報が隠されていると気付いた人の反応にとりわけ関心があるとのことでした　盲目の美学　すなわち盲目への意志と関係があるのかもしれません　それがトートロジーじゃないとしたら

ス　盲目について話します

私　どうぞ

ス　見ることについてまず話さなければなりません

私　わかりました

ス　一九〇七年まで私は見ることに強い関心がありました　研究し実践しました　楽しみました

私　一九〇七年ですか

ス　一九〇七年について話します

私　お願いします
ス　私が見たものについてまず話さなければなりません
私　はい
ス　当時は絵画が天井まで壁を埋め尽くしていました　アトリエはガスを使った明かりに照らされ教義のように輝いていましたが　それは私が見たものではありません
私　なるほど
ス　当然ですが私は私が見たものを見ました
私　当然です
ス　私は皆が見たものをすべて見ました
私　そうですね
ス　というか皆が見たすべてのものは私が見たから皆が見たんです
私　皆が見たんですね
ス　私は世界のために（ごく簡単に言うと）見ることを担っていたんです　結局見ることは物質にすぎません
私　どうしてわかったんですか
ス　見ました

私　どこで

ス　どこを見ても私の目からあふれ出ました　私は皆の視覚に責任がありました　おおきなよろこびでした　日ごとに増していきました

私　よろこびでしたか

ス　もちろんいやな面もあります　瞬きをすると世界が盲目になってしまうからわたしは瞬きできなかった

私　とすると瞬き無し

ス　一九〇七年から瞬き無し

私　いつまで

ス　戦争が始まるまで　それから忘れました

私　そして世界は

ス　世界は以前と同じように動いていきました　さて話題を変えましょう

私　描写にしましょう　描写について話しましょう

ス　火山とモルモットの違いはなんだというのは描写ではありません　それがそうであるようにあれはどうしてああなのかというのが描写です

私　形式の話ということですね　では内容はいかがですか

ス　違いはありません
私　あなたの小さな英雄はどうですか　ゲリュオンは
ス　そうですね　私の好きな赤です　地質学と個性には繋がりがあります
私　どんな繋がりですか
ス　何度も考えています
私　アイデンティティと記憶と永遠は　あなたの変わらないテーマです
ス　それと後悔は赤になりうるか　後悔が赤であることはあるか
私　それがヘレンに繋がるわけですね
ス　ヘレンは存在しません
私　時間がきたようです
ス　どうもありがとう　今回のこともなにもかも
私　お礼を言うのは私の方です
ス　赤い子犬のことを聞かれなくてよかった
私　次回に
ス　それで三つ

訳者あとがき

アン・カーソン（Anne Carson）は一九五〇年生まれのカナダの詩人だ。古典学者と翻訳家の顔も持っている。一九九八年に発表して全米批評家協会賞候補になった本作『赤の自伝（Autobiography of Red）』によって、その名が広く知られるようになった。二〇〇〇年に「天才賞」とも呼ばれるアメリカのマッカーサー・フェローに選ばれ、現在までに、母国カナダのグリフィン詩賞（二度）およびカナダ総督文学賞詩部門、イギリスのT・S・エリオット賞（女性としては初）、スペインのアストゥリアス皇太子賞文学部門など、数々の文学賞を受賞している。ここ数年は、ノーベル文学賞受賞者を予想するイギリスのブックメーカーのオッズで常に上位に入っている。研究対象としても注目され、多くの論文が書かれている。英米の創作科では、実作の面で多くを学べる詩人として読まれているし、カーソンをリスペクトする若い書き手も多い。日本でほとんど紹介されてこなかったが、現代の英語圏を代表する詩人の一人だと言っていいだろう。

今日のカーソンを形作ったのは若き日の古典との出会いだ。十五歳のときにショッピングモールで手にとったサッフォーの詩集がきっかけで、古代ギリシア文学に興味を持ったという。それで高校のラテン語教師から昼休みに個人的に古代ギリシア語を習うようになった。やがてトロント大学に進み、二度中退し、二度復学し、スコットランドのセント・アンドルーズ大学に留学する。そこで古典学の泰斗ケネス・ジェイムズ・ドーヴァー（『古代ギリシアの同性愛』の著者）に韻律学を学んだのち、トロント大学で古典学の博士号を取得している。

一九八六年に博士論文をもとにした『ほろ苦きエロス（Eros the Bittersweet）』を発表する。これは古代の作家たちが描いたエロスの概念を扱った本で、学術書にしてはあまりに詩的に書かれている。この作品でカーソンの詩人としてのスタイルが確立されたと言えそうだ。その特徴のひとつは、古典作品や、さまざまな作家や作品に言及するという点。もうひとつは、ジャンルや形式の境界を気にしない態度だ。

これらの特徴の最たる例が、プリンストン大学で教えていた時に考案した「ショート・トーク（Short Talk）」という詩的形式だろう。その名の通り「短い講演」のように特定の主題について述べるという散文だ。例えばモナリザ、メジャーとマイナー、後ろ歩き、飛行機の離陸時の興奮、ジョン・アシュベリーなど、さまざまな題材を取り上げるのだが、その語りはときにユーモラスでもある。現在も「ショート・トーク」と題した作品を発表し続けていることから、この形式はカーソンの代名詞だと言えるかもしれない。

ユニークな形式の例を他にあげると、「水の人類学（The Anthropology of Water）」は、スペインのサンティアゴ・デ・コンポステーラの巡礼路を歩いた体験を、日本の俳文（散文＋俳句）と思しき紀行文で表現した作品だ。「クラップ・アワー（Krapp Hour）」では、サミュエル・ベケットの戯曲「クラップ最後のテープ」の主人公クラップが、死んだ作家たちをゲストに招いてトークショーをする様を描いている。「原民喜との対話（Interview with Hara Tamiki）」は、原民喜「鎮魂歌」の引用で作られた「対話詩」であり、本作『赤の自伝』の「インタビュー」で採用している形式でもある。このように、カーソンは知性と感性を動員して言語芸術の可能性を押し広げている。私はその虜になった者の一人だ。

詩（と呼ばれうるもの）以外では、短篇小説（と呼ばれうるもの）も『ニューヨーカー』などの雑誌に発表しているし、最近ではグラフィック・ノベルや絵本も手がけている。翻訳家としては、サッフォーの詩やギリシア悲劇などを訳している。舞台用の翻案にも取り組み、二〇一九年にはエウリピデス『ヘレネ』を元にした『トロイアのノーマ・ジーン・ベイカー（Norma Jeane Baker of Troy）』（ノーマ・ジーン・ベイカーはマリリン・モンローの本名）を発表している。

カーソンの代表作『赤の自伝』は、詩と小説の要素を併せ持った「ヴァース・ノベル」だ。マイケル・オンダーチェ『ビリー・ザ・キッド全仕事』（福間健二訳）や、日本に紹介されている最近のヤングアダルト作品の一部もこの形式だ。

『赤の自伝』は、古代ギリシアの抒情詩人ステシコロスの『ゲリュオン譚』から生まれた。『ゲリュオン譚』の現存するパピルスの断片から読み取れるのは、三頭三身の怪物ゲリュオンの元をヘラクレスが訪れ、ゲリュオンが牧畜として飼っている牛を盗み、ゲリュオンを殺害するという話であり、英雄ヘラクレスの「十二の功業」の十番目として知られている神話だ。面白いのは、殺される怪物の立場でそれが書かれている点だ。古典学者の丹下和彦はこう言っている。「怪物ゲリュオンに立ち向かうヘラクレスに英雄としての勲《いさおし》、雄々しさよりも狡猾で残忍な冷血漢としての姿を感知させられ、むしろ死にゆく怪物ゲリュオンのほうに人間的共感を覚えさせられるのである。ここには叙事詩的価値観、叙事詩的手法に替えて新しい価値観、新しい思考を自由で柔軟性のある器に盛り込みたいとする詩人としての意気込みが窺えよう。」（『ギリシア合唱叙情詩集』より）

英雄が登場するならそれを主人公にするのが当時の「普通」だったが、それをしない『ゲリュオン譚』は革新的だったということだ。そんな『ゲリュオン譚』をカーソンはある時、英語に翻訳してみたそうだ。そして訳すだけでなく、そこから得たインスピレーションをもとに書き続けた結果、『赤の自伝』を作り上げた。形式もさることながら、数種類のテクストを使うなど、カーソンならではの趣向が凝らされている。

学術的なテクストを思わせる「赤い肉、ステシコロスは何が違う？」では、ステシコロスが紹介される。ステシコロスがいた時代の物語では、人物、神、物などには、属性を表す決まり文句であるエピテトンが用いられた。名詞とエピテトンの組み合わせは固定化されていたが、ステシコロスはその固定化の伝統を破り、それまでとは別の組み合わせを提示した。この章ではさらに、前述の『ゲリュオン譚』の革新性が説明されるほか、ステシコロスがヘレネに盲目にされたという伝説も示される。

「赤い肉、ステシコロスの断片」は『ゲリュオン譚』のカーソンによる翻訳だ。通常の翻訳ではなく、カーソンの主観を反映した創造的なものであることは、例えば、電気コンロのコイルやタクシーが出てくることからもわかるだろう。断片という不完全なテクストの余白を想像力で埋めたと言えるかもしれない。「補遺A」は三つの文献からの「証言」だ。ステシコロスがヘレネに何をし、それゆえに盲目になり、そしてどのようにして回復したのかがホメロスとの違いとともに述べられる。「補遺B」はステシコロスの「パリノード」。盲目になったステシコロスが作った「前言撤回の歌」である。「補遺C」ではこの問題に対する仮説が列挙されている。「赤い肉、ステシコロスは何が違う?」からここまでを、『赤の自伝』のプロローグと考えてもよさそうだ。

本編である「赤の自伝　ロマンス」は、『ゲリュオン譚』で描かれた神話の再話であり、翼のある赤い怪物ゲリュオンと英雄ヘラクレスが現代を舞台に繰り広げる愛と成長の物語だ。この恋愛を軸に、ハデス、ブエノスアイレス、リマ、ワラス、フクへと舞台は移動していく。エピグラフのエミリ・ディキンスンの詩は、火山のイメージを提示し、この章全体に響き渡る。物語の中で火山は、ある時はゲリュオンの心を揺さぶる写真として、ある時はヘラクレスとアンカッシュが世界中を旅して録音する対象として、ある時は空飛ぶゲリュオンが見下ろすイチャンティカスとして登場する。内側に熱いマグマを秘める火山は、怪物という異質性に苦しみながらも、「自伝」によって自分の内側と外側を分けてどうにか生きていこうとするゲリュオンにとって、大きな意味を持っている。

最終章の「インタビュー」はカーソンと思しき「私」がステシコロスと思しき「ス」にインタビューを行う。しかし一九〇七年について語っていることからして、この「ス」は、「赤い肉、ステシコロスは何が違う?」で言及されるガートルード・スタインの「ス」でもあるかもしれないと訳しながら考えた。

文体についても触れておこう。「赤の自伝　ロマンス」は基本的に長い行と短い行が交互に書かれている。だが韻律があるわけではないようだ。英語以外の言語も使用されており、その箇所は、翻訳では原文を残し、日本語訳のルビを振るようにした。読みづらいかもしれないが、多言語使用を再現したいという意図だ。また原文の特に会話文で、パンクチュエーションのない、スタインを連想させる箇所がある。だが翻訳では全角スペースを使用する方針をとった。「インタビュー」では全編にわたってパンクチュエーションがないため、全角スペースを適宜使用して訳した。

『赤の自伝』の翻訳は恍惚をともなう体験だった。時には迷うこともあったが、「赤い肉、ステシコロスは何が違う?」で登場する「言葉は跳ねる」という一文と、その章を読んで思い至った「言葉は存在を解放する」という一文が、私を最後まで導いてくれたと思う。

そして大勢の方にも助けていただいた。なかでも、阿部曜子さん、大久保ゆうさん、柿原妙子さん、ローレル・テイラーさん、ガレン・トリキアンさん、マーサ・ナカムラさんには貴重なアドバイスをいただいた。感謝を申し上げたい。

アン・カーソンに魅了され、どうしてもこの『赤の自伝』を翻訳し出版したいと各所に相談したが、詩であるという理由で断られて途方に暮れていた私に、このような機会を与えてくださった書肆侃侃房の藤枝大さんには感謝の念が尽きない。改めてお礼を申し上げる。

文芸翻訳には、とりわけ詩の翻訳には、言語と芸術への奉仕という面があると思う。その作業にこうして携わることができて、とても嬉しく、とても光栄に思っている。

二〇二二年　夏

小磯洋光

■著者プロフィール

アン・カーソン（Anne Carson）

1950年、カナダのトロントに生まれる。トロント大学で古典学の博士号を取得したのち、北米の大学で教鞭をとる。1998年、『赤の自伝』が全米批評家協会賞候補になり、詩人として広く知られるようになる。現在までにT・S・エリオット賞やカナダ総督文学賞など数々の賞に輝き、英語圏を代表する詩人の一人として目されている。翻訳家としても活動し、サッフォーの詩やギリシア悲劇などを手がけている。

■訳者プロフィール

小磯洋光（こいそ・ひろみつ）

1979年、東京生まれ。翻訳家・詩人。イースト・アングリア大学大学院で文芸翻訳と創作を学ぶ。訳書にテジュ・コール『オープン・シティ』（新潮クレストブックス）、グレイソン・ペリー『男らしさの終焉』（フィルムアート社）。共訳書にアーシュラ・K・ル＝グウィン『現想と幻実 ル＝グウィン短篇選集』（青土社）。

赤の自伝

2022年9月14日第1刷発行

著者　アン・カーソン
訳者　小磯洋光
発行者　田島安江
発行所　株式会社 書肆侃侃房（しょしかんかんぼう）
〒810-0041 福岡市中央区大名2-8-18-501
TEL 092-735-2802　FAX 092-735-2792
http://www.kankanbou.com
info@kankanbou.com

編集　藤枝大
ＤＴＰ　黒木留実
印刷・製本　モリモト印刷株式会社

ISBN978-4-86385-539-7　C0098